LA FEMME DU MILIEU

roman

Sophia Belli

À mes trois piliers
Dont ma petite guerrière,
Qui m'ont permis d'avancer
Et dont je suis très fière.
Grâce à leur soutien sans faille
J'ai gagné cette bataille.
Contre mes doutes et mes peurs
Je suis sortie vainqueur.

Première partie :

« La tigre cambierà percorso »

1

Malgré l'heure tardive, Rudy frappa à la porte du bureau, un dossier fin dans sa main, serré contre sa poitrine. Il était à la fois excité et tendu. Comment son ami allait-il réagir ? Il n'avait pas le choix. L'opportunité était trop belle. Il avait à nouveau l'espoir d'en finir avec tout ça, puisque ce moyen serait la seule raison valable pour décider le grand solitaire d'enclencher la mécanique propice à une nouvelle vie. Rudy avait le cœur léger. Il était confiant. Du moins s'obligeait-il à l'être, motivé par un espoir si souvent anéanti par les eaux troubles de leur existence. Cette fois pourrait être la bonne. Un cadeau du ciel.

Derrière la porte, une voix grave répondit avec rudesse :

— Oui !

Rudy entra dans la pièce. La grande pièce. Il n'avait jamais vraiment fait attention à la dimension de ce bureau jusqu'à ce soir. Le bureau. Majestueux avec ses meubles en chêne massif de style provençal. Sombre malgré une grande porte-fenêtre donnant sur le parc boisé. Dont les murs tapissés d'un papier peint jauni par le poids des ans, gardaient jalousement les conversations, les décisions, les mots de colère, de revanche, les maux des éloignements et des manques. La seule pièce qui avait finalement un semblant de vie dans cette grande maison. L'antre de son patron, son ami de toujours.

Ivan était assis à son bureau, scrutant l'écran de son ordinateur, l'un des rares objets rappelant le monde actuel aux quelques personnes privilégiées autorisées à franchir le seuil. Le regard noir malgré ses grands yeux bleus, ce gaillard d'un mètre quatre-vingt-cinq impressionnait tant par sa stature massive et imposante que par son charisme. Ses cheveux mi-longs légèrement ondulés, aux reflets blonds, et une barbe taillée à bonne longueur, achevaient le physique quasiment parfait d'un jeune homme de vingt-cinq ans, dont les origines slaves étaient flagrantes.

Avec frénésie, Rudy s'approcha du bureau, tout aussi imposant que le reste du mobilier. Il savait qu'il devrait être assez bref pour susciter la curiosité de ce rustre désabusé. Après tout, il le connaissait depuis plus de vingt ans ; il savait comment s'y prendre.

— On a un problème ! dit-il simplement, d'une voix aussi calme qu'il lui était possible d'avoir, ne voulant pas montrer l'excitation qu'il ressentait en amenant ces papiers à celui qui, ce soir, n'était qu'un homme forgé par son passé et portant le poids d'une solitude imposée.

Sans lever les yeux de l'écran, et continuant à manipuler la souris, Ivan répondit :

— Combien ?

— mille cinq cents.

Rudy le fixait par défit. Il savait ce qu'Ivan allait lui répondre, mais il continuerait à le dévisager pour ne pas céder face à sa réaction. Ivan leva doucement les yeux vers son homme de main, s'installa bien au fond de son fauteuil en cuir noir, et toujours avec son regard perçant et la même gravité dans la voix, dit dans un soupir de mécontentement :

— Et depuis quand une si petite somme est-elle un problème pour toi ?

— Lis le dossier !

— Je n'interviens que pour les récalcitrants aux grosses dettes, et tu le sais ! Pas pour…. Pour ça ! Ça c'est ton boulot il me semble !

Le ton sec d'Ivan aurait pu refréner son bras droit à d'autres moments. Mais pas ce soir. Il était déterminé à aller au bout de son idée. Plus il repousserait l'échéance, plus la finalité qu'il en espérait deviendrait complexe, voire impossible. Ce soir, il n'était même plus l'ami fidèle, il devenait le messager du destin qui avait mis entre ses mains ce dossier, le coursier du possible.

Ivan était furieux. Furieux d'être dérangé pour si peu, pour une broutille que Rudy pouvait facilement régler sans lui, bien qu'il ne puisse en vouloir à cet ami fidèle avec qui il avait tant partagé, même les actes les plus obscurs.

— Je sais ! répondit Rudy en gardant toujours son calme. Lis le dossier. Je pense qu'il est pour toi celui-là ! Si tu n'en veux pas, je m'en occuperai après. Pas de soucis. Mais jettes-y un coup d'œil quand même.

Rudy, ne voulant pas attendre le retour

intempestif d'Ivan, tourna vite le dos pour sortir de la pièce et par là même clore toutes discussions possibles. Arrivé à la porte, il lui lança :

— Passe directement à la page deux… Et aux suivantes. La première n'a pas d'importance ce soir.

Il claqua la porte derrière lui, laissant Ivan sans voix l'espace d'un instant. *Pari réussi !* se dit-il. Le temps maintenant ferait le reste, du moins est-ce ce qu'il souhaitait pour une énième fois depuis trois ans. Il s'éloigna fier de lui, sans entendre qu'Ivan était déjà en train de le maudire en vociférant.

— Je ne m'occupe que des baleines ! Pas des sirènes !

Ivan prit alors le dossier que son compère avait posé sur le clavier, et le balança sur le côté de son bureau pour se replonger dans ses comptes, et continuer ses mouvements frauduleux d'argent.

Plus d'une heure était passée. Il faisait nuit dehors. Il se remit au fond de son fauteuil en se frottant le visage. Il était fatigué, comme à chaque fois qu'il passait des heures à équilibrer les comptes afin de n'éveiller aucun soupçon vis à vis du voleur nommé

Trésor Public, ou encore État. *Bien plus voleurs que moi finalement !* pensa-t-il, cherchant à se déculpabiliser. Gérer deux activités identiques, l'une en Russie, l'autre en France, garder un œil sur ses ennemis pour s'assurer une forme de sécurité, n'était pas si simple et pas de tout repos. Tel était son quotidien. Car ce jeune russe portait le poids d'une vie programmée dès sa naissance. Aucun choix ne lui avait été proposé. Des choix tels que celui-ci n'existe pas dans le Milieu. C'est ainsi lorsqu'on est l'héritier d'un réseau mafieux. Son seul honneur était de maintenir sa famille à la tête de cet engrenage, par n'importe quel moyen, y compris les plus inavouables. Du haut de ses vingt-cinq ans, il avait déjà vécu la violence ; il avait appris à ne pas craindre ses ennemis. Bien au contraire, il connaissait déjà la couleur de leur sang sur ses mains.

Il aperçut le dossier sur le côté de son ordinateur. En le jetant là, quelques feuilles avaient commencé à s'en échapper. *Passe directement à la page deux et aux suivantes. Du grand n'importe quoi !* se dit-il. Pourquoi pas la première page ? Pourquoi regarder en premier les résultats de la surveillance, si on ne lit pas avant les informations sur l'idiot qui s'est foutu dans ce pétrin ? Il doit de l'argent ? Il rembourse, c'est tout. Les règles du jeu sont simples : il perd, il paye. Peu importe la manière, il règle ses dettes.

Ivan savait pertinemment que tant qu'il n'aurait pas pris connaissance de ce dossier si « problématique », Rudy ne s'en occuperait pas. Bien qu'il sache déjà le genre de sentence qu'il ferait infliger à ce petit perdant, il attrapa la chemise dans laquelle il ne prit pas le soin de remettre les feuilles en ordre. Il y jetterait un œil furtif par acquis de conscience, et comme d'habitude, Rudy se chargerait de mettre à exécution son verdict pour récupérer au plus vite cette dette, et faire passer l'envie à ce petit minable de recommencer ces provocations inutiles. Il se leva, éteignit la lampe de style rétro posée sur le côté, et sortit de cette pièce où tout se décidait, tout se gérait.

Il monta l'escalier en pierres usées par quelques centaines d'années, se tenant à la rampe en fer forgé noir, sans vraiment avoir l'envie d'aller se coucher, comme tous les soirs. Cela devenait presque un rituel, il s'en rendait compte. Cette solitude qui pesait dans son cœur et son esprit l'obligeait à avoir ce genre de petits tocs pour ne pas sombrer dans la folie. Parfois, il s'obligeait à s'aventurer dans des bars sordides ou des boîtes de nuit, pour palier à son isolement affectif. Il partait chercher un mirage de sentiment dans des bras inconnus, plus par besoin physique que par une réelle envie d'entamer la moindre relation durable avec ces filles vêtues comme des catins, dont le déhanchement sur les pistes de danse invitait au sexe sans amour. Il jouait de la facilité troublante qu'il avait à séduire ; un regard, un sourire, un verre au bar, et la partie était gagnée. Il récupérait alors sa mise sur des parkings mal éclairés, sur le capot ou à l'arrière d'une voiture. Puis il repartait sauvagement, sans un mot, sans regrets ni compassion pour ces gains d'un soir.

Il monta l'escalier sans se rendre compte qu'il serrait le « problème » contre sa poitrine. Il entra dans sa chambre, la plus grande de la maison, à la décoration tout autant désuète que le mobilier.

Une bien grande chambre pour un homme si seul. Quelle tristesse !

En passant près du lit, il y jeta le dossier et se

dirigea directement vers la salle de bain. Comme à son habitude, il prit une douche froide, pour laver tout ce qu'il avait pu faire de mauvais aujourd'hui. Comme si le froid pouvait l'assainir et purifier son âme diabolique. L'eau glacée qui ruisselait sur son corps robuste et musclé lui rappelait le froid russe, sa mère-patrie, pays qu'il espérait revoir un jour... quand son exil prendrait fin.

— Bientôt, chuchota Ivan dans sa langue maternelle, sous le jet d'eau. Oui, bientôt.

Il retourna dans la chambre se préparant à redescendre boire un autre verre de vodka, lorsqu'il aperçut ce qu'il avait jeté sèchement sur le lit. Le fameux problème. Somme toute une perte de temps, ni plus ni moins. Des papiers en étaient presque sortis. Mais un seul attira son attention. Il s'approcha du lit et doucement, le prit dans sa main en le fixant. C'était une photo. Un portrait de trois quarts. Des yeux noirs levés vers le ciel. Un léger sourire. Un visage aux traits fins. Ivan peinait à détacher ses yeux de cette photo. Il s'assit sur le bord de son lit et attrapa les autres feuilles. D'autres photos. D'une jeune femme brune, belle, au regard mélancolique, et au sourire envoûtant. Une jeune femme aux longs cheveux flottant au gré du vent. Une jeune femme fumant une cigarette, assise sur un banc, à l'ombre d'un vieux chêne. Une jeune femme d'une beauté sans égale.

Ivan observait ces photos, encore et encore. Son cœur palpitait un peu plus vite. Il fallait qu'il en sache plus sur elle. C'est alors qu'il se rappela ce que Rudy lui avait dit un peu plus tôt dans la soirée.

La première est sans importance ce soir.

Bien sûr qu'elle est importante, et justement ce soir, là, maintenant !

Il fouilla le reste des papiers qui étaient parsemés sur son lit pour retrouver LA feuille qui lui dévoilerait ce qu'il voulait savoir. Il la découvrit, et se mit à la lire avec la même frénésie qu'un enfant ouvrant ses cadeaux à Noël.

Julia Del'Angelo. Vingt-trois ans. Vendeuse « Cachemire and Co », rue Espériat, Aix. Parents : Alvaro et Monica. Adresse : chemin des Lauves, Puyricard. Célibataire. 1500. Soir. Occasionnel. 10 Septembre.

Moya sirena… moya printsessa...

Deux jours passèrent avant que Rudy ne voit Ivan sortir de son refuge. Il commençait même à s'inquiéter pour son ami. C'était la première fois que le jeune homme prenait le temps de la réflexion. Temps qui devait faire le reste, certes, mais il ne fallait pas que ce soit trop long quand même. Marianne, sa femme, lui avait parlé la veille au soir de ses inquiétudes. Ivan n'avait que très peu touché aux repas qu'elle lui avait préparés. Il l'avait alors rassurée en lui disant que s'il ne le voyait pas rapidement, il ferait le nécessaire. Même si en son for intérieur, et connaissant parfaitement son ami, il se doutait de ce qu'il allait se passer bientôt. Mais le grand gaillard était enfin dehors. *Je le savais.* Rudy eut un petit sourire de satisfaction, découvrant un léger rictus sur le visage de son ami. *Son regard aussi a changé.*

Marchant d'un pas assuré, Ivan arriva droit sur son acolyte, essayant en vain de garder un air grave de décisionnaire. Il faisait encore un peu frais en ce début de matinée du mois d'Avril, mais la journée s'annonçait ensoleillée et radieuse.

— Tu as gagné. Je m'en occupe. Avertis Marianne que je m'absente quelques jours. Quant à toi… toi, tu fais le nécessaire. Tout doit être prêt ce soir.

— Ça fait deux jours que tout est déjà prêt Ivan, répondit calmement Rudy. Elle finit son travail à dix-neuf heures, et Marianne a déjà préparé tes affaires en prévision...

Le jeune homme eût un léger mouvement de surprise dans les yeux.

— Ok. Dix-neuf heures.

— Sur le parking de l'avenue Victor Hugo. Elle sera garée là, c'est prévu aussi. Tu vois, on est fin prêt. À toi de jouer maintenant, termina Rudy non sans une pointe de satisfaction dans la voix.

Il se retourna alors pour continuer à fendre le bois à la hache, tout en rajoutant :

— Oui Ivan. La journée va être longue.

Effectivement la journée serait longue pour le jeune russe. Très longue.

2

Sarah ferma les portes du magasin. Julia avait fini de compter sa caisse. Elle se dirigea dans une pièce noire exigüe, faisant office de réserve, et déposa la recette dans le coffre. Elle enfila son trois-quarts en cuir noir, prit son sac à main noir dont les anses montraient les premiers signes d'usure. Sa collègue se chargerait de la fermeture comme toujours. Elle lui adressa un léger sourire :

— Bonsoir Sarah. À demain.

— Julia, la journée a été longue. Tu veux qu'on aille boire un verre au Deux G ? Ça nous ferait du bien.

— Non merci, pas ce soir. Je suis un peu fatiguée. Je préfère rentrer.

Julia sortit par la porte arrière de la réserve, située au fond du magasin. Elle arpenta le couloir qui longeait la boutique pour ressortir quelques instants après, par « l'entrée des artistes » comme elle l'appelait. Arrivée dans la rue, elle s'arrêta, respira un peu d'air frais en fermant les yeux, comme pour chasser la tristesse de la monotonie de sa vie. Le ressac de la mélancolie revint brutalement. Un jour de plus qui s'en allait. Encore un. Puis elle fouilla dans son sac pour en sortir un paquet de cigarettes, avec un petit briquet. Elle en alluma une, prit une grande bouffée de nicotine pour se détendre, et remit cet ensemble indissociable négligemment au fond du sac. Elle vérifia qu'elle avait toujours son téléphone portable dans la poche extérieure, et par acquis de conscience, elle vérifia aussi que ses clés de voiture étaient toujours dans la poche de son manteau. Un rituel de fin de journée parmi tant d'autres. Puis elle commença à marcher vers le bas de la rue Espériat, en direction du parking. Elle avançait tranquillement, adressant un sourire timide avec un léger « *bonsoir* » aux vendeuses des autres boutiques qui quittaient, elles aussi, leur travail. Elle n'avait jamais cherché à se lier avec ses femmes de tous âges, aux allures tout autant disparates que superficielles. Leurs caquetages de basse-cour étaient à l'image de leur coquetterie : inintéressants, voire même inintelligibles du fait de la profondeur d'une culture avoisinant le niveau zéro.

Le courant d'air frais pour la saison faisait

légèrement onduler les longs cheveux couleur ébène de la jeune femme. Son visage avait la candeur d'une adolescente, mais sa démarche était décidée, dû au côté rassurant de l'habitude qu'elle avait d'arpenter ce trajet depuis trois ans. Parfois, elle laissait divaguer ses yeux sur les hautes façades, imaginant ce qu'il pouvait se passer derrière ces fenêtres éclairées. Elle aurait tant aimé connaître cette rue avant toute cette agitation commerciale et ces enseignes lumineuses. Certes, il y en avait pour tous les goûts. Des couleurs vives, fixes ou clignotantes à intervalles plus ou moins réguliers, des petites, des grandes... Un vrai méli-mélo qui éclairait cette rue piétonne toute la nuit, parfois même la journée pour certaines boutiques. Arrivée au bout, elle tourna sur sa gauche, et tout en continuant de marcher tranquillement, elle jeta un coup d'œil admiratif sur cette belle fontaine de la Rotonde dont les jets d'eau puissants jouaient avec les rayons du soleil couchant, et qui servait de rondpoint à des automobilistes souvent trop pressés à son goût, avides de retourner dans le confort de leur nid douillet, sans prêter attention à la magnificence des statues de lions couchées autour, le port altier, fidèles gardiens du cœur de la ville d'Aix-en-Provence. Elle traversa le cours Mirabeau dès qu'elle le put, et commença à descendre l'avenue Victor Hugo, longeant les premières voitures garées sur le parking, cherchant la sienne des yeux.

Bon sang, où je suis garée encore ?

Elle reprit une nouvelle bouffée de nicotine, toc faussement apaisant.

Elle aperçut plus loin en contrebas, deux hommes. L'un se tenait debout, les mains dans les poches de son jeans. Un homme grand, qui semblait avoir les cheveux châtains. Difficile à voir avec ce soleil crépusculaire. L'autre s'était appuyé sur le capot avant d'une grosse voiture de couleur sombre. Il semblait tout aussi grand, avec une barbe et des cheveux mi-longs. Il croisait les bras en contemplant l'asphalte.

Julia n'était pas tranquille mais continuait d'avancer. Quand elle aperçut enfin le capot de sa petite voiture blanche, elle tressaillit. Pas de chance ! Elle était garée entre deux 4x4 noirs, à proximité des deux hommes, l'obligeant à s'approcher d'eux.

Elle est ridicule ma voiture entre ces deux gros

engins.

Elle observa la scène, se rassurant de voir l'un d'eux partir. Sa cigarette étant finie, elle jeta le mégot d'un geste sec dans le caniveau, en arrivant près de sa voiture.

—Bonsoir Julia.

Elle tourna la tête en sursautant. L'homme à la barbe la connaissait-il ? La peur commençait à la gagner petit à petit. Elle frissonna.

— Bon... bonsoir.... Excusez-moi, on se connaît ?

—Tu ne me connais pas encore. Mais moi je te connais, Julia Del'Angelo.

Comment sait-il mon nom ?

La jeune femme ressentit un vent de panique l'envahir. Impossible de voir vraiment son visage en plus. Il ne lève même pas la tête, garde ses bras croisés, ne bouge pas. Julia tenta de se ressaisir, malgré mille pensées sordides qui traversaient son esprit en l'espace de quelques secondes.

— Qui êtes-vous ? lança-t-elle d'un ton aussi froid que la brise légère qui soufflait ce soir.

—Je m'appelle Ivan. C'est Monsieur Stokowitch qui m'envoie.

La jeune femme écarquilla les yeux. Son sang se glaça. Ce nom... la dette !

Ivan fixait toujours le sol goudronné. Il n'osait pas la regarder, plus par peur de trahir ce qu'il ressentait à ce moment-là, que par timidité, trait de caractère dont il était totalement dépourvu. Il continuait à mâchouiller un petit bout de bois pour contrôler cette étrange sensation, nouvelle pour lui.

Julia eût un mouvement de recul. Son regard en disait long sur la terreur qui paralysait son corps. Elle ne sentait plus ses jambes, ayant l'impression que le sol se dérobait sous ses pieds. Ses yeux commençaient à s'embuer.

— Oh mon dieu ! chuchota-t-elle.

—N'aies pas peur, je ne te ferai aucun mal.

—Écoutez, je vais rembourser. Je vais tout rembourser !

Sa voix tremblait. Elle chercha autour d'elle la moindre solution pour se sortir de ce guet-apens, convaincue que l'issue lui serait probablement fatale

—Et tu comptes faire comment ? En cherchant un distributeur ? L'état de ton compte ne te permet pas de t'acquitter de la totalité de ta dette maintenant. Et si c'est de l'aide que tu cherches, pas la peine de te fatiguer. Nous avons fait en sorte qu'il n'y ait que nous ici.

Julia comprit qu'elle ne pourrait rien faire. Elle se ressaisit tant bien que mal, prit une grande inspiration, et se planta devant ce molosse aux cheveux dorés, lui jetant un regard rempli de colère. Après tout, quoiqu'il advienne, autant en finir rapidement, et éviter des souffrances inutiles. Elle ne chercha pas à comprendre comment ni pourquoi, mais elle eût l'instinct de vouloir rester digne et fière jusqu'à la fin, jusqu'à son dernier souffle.

— Combien de temps ? demanda-t-elle sèchement. Combien de temps me laisse ce Stokowitch pour rembourser ?

Ivan se redressa enfin, décroisa les bras, et se décida à la regarder. Encore plus belle que sur les photos ! Le parfait cliché du rêve devenu réalité. Il la contempla comme pour se convaincre que ce qu'il voyait était bien vrai. La femme qui avait obsédé ses pensées depuis deux jours était là, devant lui, furieuse, mais toujours aussi belle, telle une sirène. Sa sirène. Il avait une indescriptible envie de la prendre dans ses bras pour la rassurer. Mais il ne pouvait pas le faire. C'était trop tôt, trop rapide.

Il mit ses mains dans les poches de son pantalon et observa les alentours.

— Ça ne marche pas comme ça, Julia. Il faut que tu comprennes une chose ; quand Monsieur Stokowitch nous demande d'intervenir pour régler certains « petits problèmes », il a une façon bien à lui de voir les choses. Il ne te veut aucun mal, ça je peux te l'assurer. Mais… Comment dire… Il ne veut plus te voir traîner dans ses salles clandestines, et tant qu'à faire dans aucune autre d'ailleurs. Et ce, tant que tu n'as pas tout régler. Tu comprends ? Courir après des dettes comme la tienne nous fait perdre du temps pour pas grand-chose. Donc, outre que tu vas devoir le rembourser, tu vas devoir aussi arrêter de jouer. C'est aussi simple que ça. Tu n'es pas une joueuse intéressante pour lui. Quant à nous, nous sommes là pour t'aider dans ton… comment dire. Je n'aime pas ce mot. Dans ton sevrage du jeu, si on peut dire comme ça.

— Et comment ?

— C'est très simple. À partir de maintenant, je ne vais plus te quitter. Je vais te surveiller, tout le temps. Jusqu'à ce que je sache que l'envie de perdre de l'argent ne soit plus qu'un mauvais souvenir pour toi. Et jusqu'à ce qu'on soit sûr que nous n'aurons plus à courir après tes dettes ridicules.

— Comment ?

— Je t'explique. Je m'appelle Ivan et je suis un ancien copain de lycée. On s'est retrouvé par hasard, on a discuté, je t'ai dit que j'avais un problème d'inondation chez moi et que j'allais chercher une chambre dans un hôtel. Et toi, avec ta bonté et ta gentillesse connues de tout ton entourage, tu m'as évidemment proposé de venir au gîte de tes parents. C'est aussi simple que ça !

— Mais...

Ivan prit doucement Julia par le bras. De l'autre main, il sortit discrètement le téléphone portable de la poche extérieure du sac de la jeune femme, et le lui tendit.

— Chut ! N'aies pas peur. Je te l'ai dit, je ne te

ferais aucun mal. Tu appelles tes parents. Maintenant. Et tu leur dis exactement ce que je viens de te dire. Ne t'inquiète pas, je réglerai mon séjour au gîte comme n'importe quel client.

Sa voix s'était un peu durcie. Le ton était devenu plus sec, d'une manière très naturelle.

Comment sait-il pour le gîte ? Et qui est ce « Nous » ?

Julia aurait voulu résister, lui dire *Non, pas question...* mais quelque chose d'indescriptible et incontrôlable l'en empêchait, sans savoir quoi exactement. Elle était tellement furieuse. Furieuse contre ce Stokowitch qui lui envoyait ses sbires comme si son empire allait s'écrouler pour mille cinq cents malheureux petits euros. Furieuse contre ce pseudo homme qui se tenait là, devant elle, avec son beau sourire et son regard presque angélique. Furieuse contre elle-même d'avoir joué avec le feu, et de s'y brûler maintenant, au risque d'entraîner ses parents sur son bûcher. Elle n'avait pas d'autres choix que d'obtempérer. Alors, le cœur serré, elle s'exécuta en s'éloignant de quelques pas, et téléphona à contre-cœur.

Ivan l'observait. Deux jours ! Deux jours qu'il ne pensait qu'à cette femme. Elle était là, près de lui. Il avait pu la toucher, sentir son parfum légèrement sucré, il pouvait maintenant admirer son regard, son visage, ses formes. C'était elle. Elle qu'il lui fallait. Elle qui lui donnerait la force de se battre pour échapper à son enfer. Son coup de foudre.

Julia revint près de cet homme de main, lui lançant son regard noir, cherchant à lui cacher sa résignation face aux déboires de ses erreurs.

Je n'ai que ce je mérite finalement.

— C'est bon, c'est fait. Mais je vous en prie, ne faites pas de mal à mes parents.

— Ils ne risquent rien, je te l'ai dit. Soyons réalistes ; ils n'ont pas à subir les conséquences de tes actes, Julia. Tu es seule responsable de cette situation, de toi seule nous nous occuperons.

— Nous ?

Au même moment, Rudy revenait vers le couple.

— C'est bon, dit-il simplement à Ivan.

— Julia, je te présente Rudy. Il travaille aussi pour Monsieur Stokowitch.

Rudy voulut serrer la main de la jeune femme, mais celle-ci refusa. Quelle ironie ça aurait été que de toucher une main qui achèvera son calvaire dans peu de temps, puisqu'elle en était convaincue, elle mourrait dès qu'elle aurait remboursé son passif.

— Bonsoir Julia.

—Vous parlez d'un bon soir, ironisa la belle. Et qu'est-ce qui est bon ?

— Rien d'exceptionnel. Juste une petite assurance pour nous que tu ne chercheras pas à fuir tes responsabilités.

— Je n'ai pas pour habitude de fuir en général.

— On le sait. Mais comme le dit le proverbe, deux précautions valent mieux qu'une.

Trop nerveuse ou trop angoissée, elle ne savait plus faire la différence. Des sentiments confus qui ne laissaient paraître aucun espoir la consumaient de l'intérieur, comme un feu étouffé de feuilles mortes. Elle ressentit uniquement le besoin d'allumer une cigarette pour se calmer. Une de plus. Une dose de nicotine pour amoindrir ses souffrances. La cigarette du condamné.

— Très bien. On y va. Rudy va passer devant.

Toi, tu le suis comme si tu étais son ombre. Il s'arrête, tu t'arrêtes. Il avance, tu avances. Compris ?

Ivan esquissa un sourire en coin qui choqua la jeune femme.

Chacun se dirigea vers sa voiture. Julia ouvrit la portière avec une étrange sensation. Une douce chaleur parcourait son dos, comme une caresse, accompagnée d'un murmure incompréhensible. Instinctivement, elle se retourna. Personne. Elle ferma les yeux.

Je ne suis pas folle. Non, je ne suis pas folle.

Ivan observa la jeune femme. Il fût surpris de la voir agir ainsi et pour s'assurer qu'elle allait bien, lui lança de sa voix grave :

— C'est mauvais de fumer pour ta santé !

Elle se retourna brusquement vers lui, jeta sèchement sa cigarette et d'un pas décidé, vint se figer devant lui. Les poings serrés, elle lui répondit de façon autoritaire.

— Ça joue les gros durs, ça conduit un gros tank, ça veut faire sa grande morale, et ça mâchouille un petit bout de bois ridicule… Vous êtes pathétique !

Elle n'avait pu contenir cette colère qui l'avait

manipulée dans ce qu'elle pensait être un acte de folie. Elle n'arrivait plus à maîtriser son esprit, ses paroles, ses gestes. Quitte à tout perdre, autant se battre jusqu'à la fin comme le font les fauves blessés ayant assez de courage et d'orgueil pour mourir la tête haute. Ces bourreaux n'auront pas avec elle, la satisfaction d'une exécution dans les larmes et les cris d'une victime trop faible.

Mais qu'est-ce qu'il m'arrive ?

Ivan la fixa, surpris de la tentative d'attaque verbale de cette jolie brune farouche. Elle semblait indomptable. Elle était prête à tout, dominée par la peur. Elle n'était plus une sirène. Elle devenait un félin sauvage qui le fascinait de plus en plus. Elle devenait une tigresse. Sa tigresse.

Après cette altercation, elle retourna vers sa voiture. Le cortège se mit en route. La jeune femme roulait machinalement, sans se douter qu'elle vivait le début d'une nouvelle vie pourtant écrite depuis longtemps.

Rudy se gara sur le bas-côté de la route, juste avant l'entrée du chemin rocailleux qui menait au gîte. Il descendit de son véhicule pour rejoindre Ivan.

— C'est bon, tu peux y aller maintenant. N'oublie pas ; tu règles les derniers détails. Quand c'est fait, contacte Jackson. Dis-lui que je veux le voir.

— Tu es sûr de vouloir faire ça maintenant ?

— Ça vaut mieux. C'est l'occasion ou jamais de commencer.

— Ok mais ça risque de prendre un peu de temps.

— Pas grave. Le temps je vais le prendre désormais.

— Et pour elle ?

— Je m'en charge.

—Tu es sûr de ne pas vouloir attendre de mieux la connaître avant ? Voir si c'est possible ?

— Fais ce que je te dis. Ne cherche pas plus loin.

Rudy acquiesça de la tête, serra la main de son ami comme pour lui souhaiter bonne chance, et retourna vers sa voiture. En passant devant le véhicule de la jeune femme, il frappa à la vitre de la conductrice.

— Moi je vous quitte ici. Pour information : si Ivan te surveille de près, moi je te surveille de loin. Alors fais attention. Ça ne me plairait pas trop de devoir revenir pour intervenir sur ton cas. Car moi, je ne ferai pas comme lui. Je ne perdrai pas de temps en paroles inutiles. Je règlerai le problème sans état d'âme. Compris ?

Julia tressaillit. Rudy repartit.

Respire Julia. Respire tant que tu le peux encore.

Soudain, elle réalisa à quel point la garrigue environnante sentait bon. Elle inspira à plusieurs reprises, pour apprécier autant que possible cette délicieuse odeur, mélange subtil de thym sauvage, de romarin et de pins méditerranéens. C'est fou comme des sensations peuvent être redécouvertes quand on sait qu'elles nous échapperont bientôt.

Elle referma la vitre. En se garant dans la cour devant la maison, elle essuya du revers de sa main cette petite larme qui perlait lentement sur sa joue, souffla longuement pour se ressaisir, et tenta d'afficher un sourire convainquant en apercevant ses parents sortir sur le perron afin d'accueillir le nouvel intru.

Que le ciel me vienne en aide !

3

— Madame Del'Angelo, il y avait longtemps que je n'avais pas aussi bien mangé. Et votre tiramisu… Comment dit-on déjà en Italie ? Ah oui… Mamma mia ! s'exclama Ivan en embrassant le bout de ses doigts pour montrer sa satisfaction d'avoir eu un bon repas.

— Vous êtes un sacré flatteur Ivan, répondit Monica avec un joli sourire tout en retenu.

À quarante-trois ans, la mère de Julia avait cette beauté typique des pays méditerranéens. Une jolie brune aux yeux bleus-gris, et une peau légèrement hâlée, dont la démarche et la gestuelle étaient pleine de grâces. Son visage laissait transparaître de la bonté, de la douceur. Mais il ne fallait pas s'y fier, c'était bien connu. Les italiennes avaient le sang chaud et pouvaient avoir des colères sans pareilles !

Décidément, les latines sont d'une beauté rare... pensa Ivan, en posant instinctivement son regard sur Julia.

Celle-ci n'avait que très peu participé aux

diverses conversations durant le repas. Son esprit était ailleurs, bien loin de ces faux-semblants, ces formules de courtoisie imposées. Elle supportait mal cette obligation de mentir à ses parents si aimants, si protecteurs envers elle. Quand elle aurait remboursé sa dette à ce lâche de Stokowitch, si tant est que celui-ci lui en laisse le temps, elle leur parlerait, leur expliquerait tout, quitte à prendre le risque d'être renvoyée chez son oncle en Italie, une menace que son père lui avait si souvent proférée par le passé sans grande conviction. Mais cette fois, il n'en serait pas de même. Par sa faiblesse, elle jetait l'opprobre sur la famille et ses parents qui n'auraient vraisemblablement pas la force de supporter cette honte qu'elle incarnerait à leurs yeux.

Vraiment ce repas, cette soirée, tout devenait pesant pour elle. Elle n'avait qu'une hâte, monter s'enfermer dans sa chambre pour évacuer ce fardeau qui devenait trop lourd pour ses épaules. Essayer encore et encore de gagner du temps, pour s'assurer que sa famille ne risquerait rien. Tenter de trouver en vain des solutions.

— Si vous me le permettez, je vais vous laisser.

Je vais aller marcher un peu avant d'aller me coucher.

La voix d'Ivan sortit Julia de ses pensées.

— Bien sûr ! D'ailleurs, ma fille pourrait vous accompagner. Elle va souvent se promener le soir dans le bosquet, n'est-ce pas, mia cara ?

Le père avait parlé, la fille devait y aller. C'était ainsi depuis toujours. Les femmes écoutaient, obéissaient, sans se rebeller ou se plaindre. Un état d'esprit machiste archaïque bien ancré dans les mœurs de cette famille.

— Si papa, répondit-elle simplement avec un regard désespéré vers son père.

— Va bene. Passez une bonne nuit, Ivan. Nous vous verrons demain. Ravi d'avoir fait votre connaissance.

— Pareil pour moi. À demain.

Ivan se leva et rejoignit Julia qui l'attendait déjà dehors, à quelques mètres de la maison.

— Bon, on abrège la ballade. Je suis fatiguée et j'en ai déjà marre de vous supporter. Alors un petit tour vite fait, et après vous me lâchez, ok ? Que les choses soient bien claires. Je ne fais qu'obéir à mon père. Je n'ai aucune envie d'être avec vous. Et si tout doit se finir ce soir, que ça se fasse vite.

— Chut ! Calme-toi, répondit doucement le jeune homme. Tiens, mets ça. Les soirées sont encore fraîches, et je ne voudrais pas que tu tombes malade.

Il posa délicatement un châle qu'il avait récupéré au porte manteau sur les épaules de la belle italienne. Julia ne sut quoi répondre tant elle était surprise d'un tel geste venant d'un tel être sans cœur. Elle se laissa faire, sans bouger. Étrangement, elle commençait à se détendre, et se surprit même à se sentir légèrement apaisée. Même si elle aimait ses promenades solitaires, avoir un peu de compagnie n'était pas si désagréable non plus. Exceptée celle-ci.

— J'aime ce calme, soupira Ivan.

— Normal pour quelqu'un qui vit en ville.

— Pourquoi dis-tu ça ?

— Pourquoi ? Mais parce que c'est évident ! C'est logique même. Vous n'êtes qu'un homme de main, un sbire à la solde d'un malfrat. Un lèche-bottes quoi ! Alors à tous les coups vous vivez dans un petit appartement miteux, dans un quartier tout autant pourri et dépravé, où règne un bruit incessant. Bref vous vivez certainement dans le milieu où vous travaillez.

— Hum ! Je te trouve à la limite d'être offensante, jeune demoiselle. Pas grave. Je ne t'en tiendrai pas rigueur. Mais sache que tu me juges trop vite. Tu ne me connais pas après tout.

— Oh mais vous n'allez pas me faire croire que vous vivez dans un palace quand même.

— Julia, un conseil : ne tire jamais de conclusions hâtives sans avoir toutes les cartes en main avant. Les apparences sont souvent trompeuses. Et mieux que n'importe qui, tu devrais le savoir. Après tout, à avoir jugé trop vite tu as perdu beaucoup.

— Non mais je rêve là ! Il recommence à me faire sa morale de bas étages. Vous agissez toujours comme un donneur de leçons avant d'éradiquer vos problèmes ?

Ivan souriait de la situation. La belle était sur la défensive. Il aimait ça. Un vrai caractère de lionne ! Elle devenait un véritable défi. Ce qui faisait qu'il avait encore plus envie de se rapprocher d'elle. Jamais une femme ne lui avait résisté auparavant ; c'était même déconcertant cette facilité qu'il avait à les avoir, le temps d'une heure. Non, jamais aucune autre fille n'avait eu cette force de caractère, et cette jeune femme n'en devenait que plus belle et plus attirante à ses yeux. Il était envoûté par ce charisme.

Ils continuaient d'avancer tranquillement sur le sentier menant à l'orée d'un petit bois de chênes verts. La lune blanche éclairait leur chemin, faisant danser les ombres des arbustes disséminés de chaque côté, au rythme du vent frais et léger de ce début de printemps.

— Dis-moi, quel plaisir as-tu à perdre de l'argent comme ça ? Aux jeux ? demanda-t-il soudainement.

— Aucun.

— Alors pourquoi tu joues ? Pourquoi tu fais ça ? Je t'avoue que ça, ça m'échappe ; je ne comprends pas.

— Par ennui, lâcha-t-elle dans un grand soupir. J'ai une vie très monotone, triste même. Il ne se passe jamais rien d'excitant, il ne m'arrive jamais rien d'hors norme, mis à part ce soir, et contrairement aux filles avec lesquelles je travaille. L'une vient de se marier, une autre trompe son mari. Ah, et il y en a une qui a pris un congé exceptionnel pour partir faire le Rallye Des

Gazelles. La chanceuse ! Et moi, eh bien moi rien de tout ça. Alors un soir en sortant du travail, je suis allée dans un bar à Marseille. Afin de casser la routine. Je ne peux pas expliquer comment, mais j'ai vite compris qu'au fond il y avait une salle de jeu. Sur le coup, j'ai trouvé ça excitant de pouvoir franchir la limite. Et puis c'est vite devenu là aussi, une habitude. Mais je suis tellement nulle que même là, je n'ai pas réussi à faire d'étincelles. J'ai commencé à perdre. Mais je continuais à jouer quand même. Pour me refaire comme vous dites. Je n'y suis jamais arrivée. Et je ne comprends pas pourquoi ça vous intéresse de savoir tout ceci puisqu'à vos yeux, mon sort est déjà scellé.

Julia, en disant ces derniers mots, baissa la tête de résignation. Ivan aurait voulu la réconforter en la prenant dans ses bras. Mais il ne pouvait pas, il ne devait pas le faire. Il avait du mal à freiner cette pulsion. Mais il se retint sans dire un mot, restant près d'elle.

Ils déambulaient toujours sans but précis, sur le chemin de terre, orné par ci par là de quelques jeunes genêts et autres cistes cotonneux. Ils avaient atteint le bosquet. Ivan remarqua que la jeune femme frissonnait.

Alors il s'arrêta et doucement, il prit son pull qu'il avait posé sur ses épaules et le tendit à Julia tout en lui enlevant son châle.

—Tu commences à avoir froid. Mets ça.

— Non ça ira.

— Mets ça.

—Vous aussi vous allez avoir froid.

— D'où je viens, j'ai appris à ne pas craindre le froid. Mets ça. S'il te plaît.

Elle obéit et enfila ce pull bien trop grand, imprégné du parfum de cet homme. Lentement, il lui remit l'étole sur les épaules et se laissa aller à essuyer délicatement du bout de ses doigts une larme qui coulait sur la douce joue de la belle. Elle se laissa faire. Puis il souleva son visage vers le sien, plongeant son regard d'azur dans les yeux implorants de la jeune femme.

— Tout va changer maintenant.

— Quoi ? Ma vie misérable ? Non, je ne pense pas. Mais vous avez raison sur un point. Tout va changer, mais pas pour moi. Juste pour mes parents.

— Tout va changer pour toi, j'en suis certain. Une jolie princesse comme toi ne peut qu'avoir une vie de rêve. Et un jour, tu auras cette vie que tu désires.

— Mais bien sûr !

— Fais-moi confiance. Ça va changer, je te le promets.

— Oui, c'est ça. Et là, vous allez me dire qu'en fait vous êtes le prince charmant venu sauver la pauvre Cendrillon de sa triste situation ? C'est bizarre, mais je ne vois pas votre beau cheval blanc dans les parages.

— J'ai une belle voiture ! répondit Ivan en riant. Non mais sans rire, fais-moi confiance. Après tout je suis là pour t'aider, ne l'oublie pas.

— Et pour récupérer l'argent aussi.

— Oui aussi…

Elle esquissa un sourire bien malgré elle. L'espace d'un instant, ils échangèrent un regard tendre. Il avait toujours son index sous le menton de Julia, ne pouvant plus l'enlever. Il ne voulait plus la lâcher. Elle souriait ; incapable de résister plus longtemps à ces beaux yeux noirs, il déposa du bout des lèvres un léger baiser sur le front de la belle italienne qui se laissa faire, surprise d'apprécier ce moment furtif d'intimité. Elle sentit son cœur battre un peu plus fort. Paradoxe étrange, elle se sentait bien pour la première fois depuis trop longtemps.

Ce ne sera pas ce soir. Sois tranquille.

— Rentrons.

Elle acquiesça d'un sourire, rassurée. Elle ne mourrait pas ce soir. Peut-être même pas du tout. Le murmure lui avait clairement chuchoté quand Ivan l'avait embrassée. Un petit sursis qui lui laissait un grand espoir.

Julia se réveilla tant bien que mal. Le soleil était déjà bien lumineux à travers les persiennes ; elle était en retard.

Elle avait passé une mauvaise nuit. Des dizaines de questions se bousculaient dans sa tête, auxquelles elle ne trouvait pas encore de réponses. Et puis ces flashes comme des morceaux de cauchemars, étaient revenus hanter son sommeil. Des images sombres, des bruits sourds, des êtres sans visages sortis de nulle-part. Des sensations de brûlures, une respiration saccadée, des odeurs âcres… C'est machinalement, qu'elle se leva, prit sa douche et se prépara pour aller travailler. En ouvrant la porte de sa chambre, elle sentit la bonne odeur du café que sa mère venait de préparer.

Elle descendit. Elle entendait ses parents discuter dehors sans chercher à comprendre ce qu'ils se disaient. Après tout, elle ne voulait pas savoir. Leurs conversations ne la regardaient pas. Ses parents lui avaient enseigné l'art de ne pas se mêler des affaires d'autrui. Cela évitait bien des problèmes, et il y avait assez à faire avec ses propres soucis.

Elle entra dans la grande cuisine. La réalité vint la frapper en plein visage. Il était là ! Il était encore là. En se levant, elle avait eu l'espoir que cet homme imposant serait parti dans la nuit et qu'elle ne le reverrait plus jamais. Mais il était encore là. À se servir une tasse de café, prenant un malin plaisir à faire durer ses souffrances.

Vu de dos, sa stature paraissait encore plus imposante que la veille. Le soleil se reflétait dans ses cheveux blonds ; elle aurait presque pu le trouver séduisant s'il n'avait pas été ce qu'il est.

— Bonjour princesse. Bien dormi ?

Cette voix grave, elle l'avait oublié aussi. Instinctivement, elle reprit son attitude défensive, et recommença à lui parler sèchement.

— Et vous ? Encore là malheureusement. Vous êtes pire qu'un cauchemar.

— Tiens, c'est pour toi. Un café noir, long, avec un sucre. Comme tu l'aimes. Et oui, je suis encore là.

— Je n'ai pas le temps, je suis en retard. Je vous rappelle que vous m'avez dit de faire comme d'habitude. Et j'ai un contentieux à régler au plus vite aussi. Je dois donc aller travailler.

— Ce n'est pas beau de mentir, princesse. Tu n'es pas en retard, je le sais. De toute façon, tu ne seras pas en retard puisque c'est moi qui vais t'amener à ton travail aujourd'hui. Et bien sûr, je viendrai te chercher.

— Quoi ?

— Je voulais te faire une surprise. Je crois que j'ai réussi mon coup, dit Ivan en riant. Tu vois, je t'aide à casser la routine de tes journées, princesse, rajouta-t-il en chuchotant à son oreille pour mieux s'enivrer de son doux parfum. Et comme je te l'ai aussi expliqué, je ne te quitte plus, princesse.

— Arrêtez de m'appeler princesse !

— Tu veux une vie de princesse ? Alors commence par te considérer comme telle et tu verras, tout te paraîtra différent très vite. Je t'attends dehors… Princesse !

Elle n'eut pas le temps de lui répondre que déjà il était sorti de la maison. Elle huma les vapeurs émanant de la tasse contenant le liquide noir.

Un petit sursis pour un grand espoir.

Lorsqu'elle sortit, elle aperçut ses parents discuter avec l'intru. Pour ne rien laisser paraître, elle afficha un grand sourire contraint en se dirigeant vers le groupe.

— Je suis prête. On y va ?

— C'est parti. Au fait, je me suis permis d'avertir tes parents qu'on ne rentrerait pas avant ce soir.

— Pardon ?

— Oui, je leur ai dit qu'après ton travail je t'enlevais pour l'après-midi.

— Oh mais quelle belle idée ! Passer la journée ensemble, je m'en réjouis d'avance.

Elle embrassa ses parents comme si c'était la dernière fois, en leur glissant un timide « je vous aime » à l'oreille, avant de se diriger vers la voiture d'Ivan.

Le petit trajet qui les conduisait jusqu'au centre-ville d'Aix-en-Provence se passa en silence. Maintenant, il fallait que ce soit elle qui vienne à lui. Il décida donc de la laisser un peu tranquille, sans lui parler. Être à ses côtés lui suffisait amplement. Mais pour Julia, ce trajet fut un moment de doute. Elle réalisait que cet homme commençait à l'attirer. Quel étrange phénomène. Elle ne devait pas céder à cette impulsion naïve. Comme la veille, pendant leur promenade au crépuscule, elle se sentait curieusement bien dans cette voiture, assise à côté d'un homme galant, correct, et qui plus est, plutôt charmant physiquement. Elle se remémora la douceur de ses gestes lorsqu'il lui déposa le châle sur ses épaules, la douceur de ce baiser qu'il avait déposé sur son front. Elle sentit soudain une chaleur voluptueuse envahir son ventre. Une chaleur qu'elle n'avait jamais connue auparavant, n'ayant jamais laissé aucun homme l'approcher. Ivan paraissait différent. Elle ne pouvait l'expliquer. Il était la représentation floue de l'évidence. Cette évidence qu'une petite voix vous met en tête, que le destin impose au milieu de votre route, que vous ne pouvez éviter. Une évidence qui mue au gré de vos besoins, de sensations rassurantes au soutien infaillible, celle qui ne vous lâchera jamais la main quoiqu'il advienne. Non, aucun autre ne lui avait fait un tel effet jusqu'à Lui. Mais malheureusement, la réalité l'empêchait de succomber à cette tentation. Le milieu dans lequel il se complaisait n'allait pas du tout avec ses attentes d'une belle vie, celle qui entre dans les convenances de la bonne morale.

Arrivés sur le parking, il descendit de la voiture ; en regardant furtivement dans le rétroviseur, elle le vit examiner son téléphone portable. Il fronçait les sourcils. Il la rejoignit et lui prit la main. Leurs doigts s'entrelacèrent naturellement. Julia se laissa guider par la force de cet homme qui l'attirait un peu plus encore. Une petite voix en elle lui disait de se laisser faire, espérant peut-être que ce moment ne s'arrête jamais.

S'il pouvait ne plus me lâcher...

Ils marchèrent ainsi, en direction de la rue Espériat, comme deux amoureux qu'ils n'étaient pas. Julia était gênée de l'ambiguïté de cette situation. Tout n'était que paraître. Devant l'entrée de la boutique, Ivan embrassa la jeune femme sur le front. Sans dire un mot, elle se retourna et fila se réfugier dans le vestiaire, avec un pincement au cœur de se sentir à nouveau seule, aux prises avec tant de questions qui se bousculaient dans son cerveau comme des électrons.

Ivan s'assura que la jeune femme entre dans la boutique avant de sortir son téléphone de sa poche. Il relut le message.

Appelle ton père. Il y a un problème sérieux avec l'Organisation. Tu dois intervenir. Vite.

— C'est moi. Les nouvelles de Russie ? Ok. Envoie Boris régler ça. Il faut tenir encore quelques mois. Après je viendrai et je m'en chargerai moi-même. Je te rappelle dans quelques jours. J'aurai quelque chose d'important à t'annoncer.

Au fil des jours, Julia se laissait apprivoisée par cet homme qui avait quelque chose de singulier. Elle apprenait à le connaître si bien que parfois, elle avait la vague sensation d'avoir déjà vécu ces moments passés près de lui. Coïncidences ou évidences, peu lui importait désormais de trouver une réponse. Elle était à chaque instant plus curieuse d'en savoir davantage, plus désireuse d'être avec lui. Elle en avait oublié la raison de sa présence, le jeu, la dette, Stokowitch.

Julia avait de plus en plus plaisir à être en compagnie d'Ivan. Ce qui n'échappait pas au jeune homme. Il profitait de chaque occasion pour la séduire, pour lui montrer ses sentiments. Il la courtisait avec une douceur infinie, prenant soin de ne jamais avoir un geste déplacé ou une parole choquante. La belle aimait ce jeu de séduction intemporelle, finissant par succomber au charisme et à la prévenance du russe qui était de plus en plus amoureux d'elle. Mais jamais ils ne s'avouèrent quoi que ce soit. Ils communiquaient à leur façon : un sourire, un regard, un geste. Ils semblaient se comprendre, se compléter. Ils ne faisaient qu'un sans pour autant se déclarer l'un à l'autre. Comme des âmes sœurs qui se retrouvent timidement après des années de séparation.

Deux semaines passèrent ainsi. Un matin, en descendant, Julia vit Ivan discuter avec son père dans la cour. Alvaro semblait soucieux. Voire menaçant. Lorsqu'elle sortit sur le pas de la porte, Ivan se retourna.

Il y avait quelque chose de changé chez lui. Il semblait en colère. Elle l'entendit dire à son père « *elle décidera* » sur un ton sec. Il était redevenu le recouvreur de dettes.

Sans oser la regarder, il vint près d'elle et l'attrapa par le bras.

— Il faut que je te parle.

Cette brutalité soudaine la choqua. Ivan l'entraîna vers le vieux chêne centenaire avec rudesse. La peur qu'elle avait ressenti à leur première rencontre revint comme une tornade. Comment avait-elle pu croire qu'il avait changé ? Après tout, les lions ne deviennent pas des chats.

— Vous me faites mal ! Qu'est-ce qu'il se passe ? C'est votre patron, n'est-ce pas ? Je dois rembourser maintenant c'est ça ?

— Tu n'as plus de dettes.

— Comment ça ? Oh non, mes parents…

— Tes parents ne risquent rien. Je te l'ai déjà dit.

— Mais….

Ils étaient arrivés sous l'arbre majestueux. Ivan lâcha sa prise, lui tourna le dos et prit une grande inspiration.

— C'est Stokowitch, c'est ça ?

— C'est moi Stokowitch ! répondit-il sans lever la voix et sans se retourner.

— Quoi ?

— Je suis Ivan Stokowitch. Je suis russe. Je suis « le malfrat » comme tu as su le dire l'autre soir ! C'est moi le propriétaire de la salle de Marseille où tu allais jouer. Je suis Ivan Stokowitch, et je suis tombé amoureux de toi …. Princesse, depuis le tout premier regard que j'ai posé sur toi, j'ai su. J'ai su que c'était toi. Si je suis resté ici, c'était pour être près de toi. J'avais besoin de te voir, te parler… et j'en ai toujours besoin. Je suis tombé amoureux de toi princesse…. Crois-moi, je t'aime…

Julia peinait à contenir le flot de larmes qui avait envahi ses yeux. Elle serrait ses poings à hauteur de sa poitrine, cherchant à s'en faire une armure contre ces mots qui devenaient des lames acérées dans son cœur. Elle était perdue. Tout semblait tourner autour d'elle.

Ivan s'approcha de la jeune femme, lui prit le visage entre ses mains et le leva vers le sien.

— Je dois partir. Maintenant. Je vais partir

princesse. Mais avant, je voudrais t'embrasser. Non. Je vais t'embrasser. Tu as le choix. Tu ne me rends pas mon baiser, je pars et tu n'entendras plus jamais parler ni de moi, ni de dettes. Tu n'auras qu'à tout oublier de ces deux semaines passées ensemble. Mais si tu me rends mon baiser, alors je te promets que je reviendrai dès que tu me diras que tu es prête à accepter qui je suis, la vie que je mène mais que je pourrais changer par amour pour toi.

Elle ne réalisait pas ce qu'il se passait. Tout était soudain, confus.

Alors doucement, Ivan approcha son visage de celui de Julia, et posa délicatement ses lèvres sur les siennes. Il resta un instant à l'embrasser. Mais la jeune femme ne lui rendit pas son baiser. Il appuya son front contre le sien, tentant une dernière fois de ne pas la perdre.

— Je t'en supplie. Ne me fais pas ça. Ne me rejette pas. S'il te plaît …. Je ne m'imagine pas sans toi, tu comprends ? Je t'aime Julia. Je deviens fou de toi. Et je sais que tu ressens la même chose pour moi. Je t'en supplie… Moya printsessa.

Alors il redéposa ses lèvres sur celles de sa belle. Il sentit la main de Julia s'ouvrir et se poser sur son cœur, ses lèvres douces et tièdes se presser sur les siennes. Ils échangèrent un long baiser, comme s'ils cherchaient à rattraper le temps perdu. Il pressa le corps de sa belle contre le sien, la caressa, cherchant à retarder le moment où il devrait la laisser.

— Je te promets. Dès que tu me le diras, je reviendrai. Fais-moi confiance. Je t'aime princesse, dit-il tout bas.

Elle remua juste un peu la tête en signe d'approbation. Il s'éloigna, le cœur meurtrit. Julia tomba à genou. Et lorsqu'elle entendit le 4x4 d'Ivan partir, elle hurla de douleur.

Près de l'entrée, Monica regarda Alvaro.

— Le moment est venu d'avertir Giacomo.

— Le moment est surtout venu de la préparer. Mais je ne pensais pas que ça viendrait si vite, et qu'entre eux c'était à ce point-là ! répondit son mari, anxieux.

— J'ai peur qu'elle ne soit pas assez forte pour y parvenir. Ça va être difficile pour elle de comprendre et d'accepter le fait qu'elle va devoir reprendre les choses en main.

— On n'a plus le choix. On a déjà trop attendu. Il faut faire vite maintenant. Pour notre sécurité à tous. Pas question que les russes profitent de la situation. Nous sommes devenus trop vulnérables surtout depuis que nous avons laissé entrer le loup dans la bergerie. Fais-la rentrer. Je vais appeler Giacomo. Bon sang ! J'ai pourtant tout fait pour éviter cette foutue rencontre. Il aurait mieux valu que la vieille meure en silence plutôt que de vouloir nous affubler de ses divagations.

— Ne dis pas ça. On était au courant depuis bien avant sa naissance. Toute la Toscane connait cette histoire. Même les russes, les polonais, les américains de Marseille… Tout le monde. Aujourd'hui le problème n'est pas là. Le problème est juste que tu n'es pas prêt à lâcher les rênes. Son heure est venue Alvaro. Que tu le veuilles ou non, c'est le moment. Il faut te faire une raison. Et il faut avertir Giacomo.

4

A la Bastide, Rudy gérait autant qu'il le pouvait les affaires en attendant qu'Ivan reprenne le dessus. Depuis son retour du gîte, il devenait de plus en plus irritable et solitaire au fil des jours. Marianne s'en inquiétait. Avec Rudy, ils prirent sur eux d'aller lui parler. Ivan devait se ressaisir rapidement, pour ne pas perdre le contrôle de l'Organisation.

Ils entrèrent dans le bureau. Les volets étaient en cabane, comme si on veillait un mort. À voir le visage du jeune homme, on aurait presque pu croire qu'il avait déjà signé son pacte avec la faucheuse. Ivan était assis au fond de la pièce sombre, sur le canapé en cuir noir, son verre de vodka à la main, le regard vide de toute expression, la barbe hirsute, les traits tirés.

— Ivan, mon frère…

— Quoi ?

— Écoute. Marianne et moi, on s'inquiète pour toi. Il faut que tu réagisses maintenant. Ça commence à bouger à Iaroslavl et je ne pourrais pas maintenir le cap encore bien longtemps si tu ne te manifestes pas. Ton père s'inquiète pour la famille. Il y a de plus en plus de risques et…

— Elle me manque…

Ivan fixait son verre d'alcool russe, faisant tournoyer le liquide incolore de manière incessante.

— Je comprends mon ami. Mais tu dois reprendre le contrôle. Le Tigre doit intervenir pour calmer la horde. Je n'aurais jamais dû te filer son dossier.

— Elle ne répond même pas à mes messages. Je lui ai promis de revenir, que j'attendrai qu'elle soit prête… ça fait dix jours. Et aucun signe. Rien.

— Ivan, je pense qu'elle a dû tourner la page si elle ne te répond pas. Elle ne doit plus vouloir te voir… Je suis désolé...

— Elle m'a embrassé…

— Je sais, mais elle ne se sent peut-être pas capable de supporter…

— Elle m'a embrassé…

— Oublie-la… C'est ce qu'il y a de mieux à faire pour toi.

Ivan leva les yeux vers Rudy. Pour la première

fois, l'homme de main craignit la fureur de ce regard.

— L'oublier ? Je ne peux pas l'oublier ! Tu comprends ça ? Je ne peux pas ! Je l'aime comme un fou. J'ai envie de la voir, de la toucher, de la prendre dans mes bras… Non, je ne peux pas l'oublier. Je ne veux pas.

— Alors tu attends quoi pour forcer les choses ? s'énerva soudainement Marianne qui n'avait pas osé parler jusqu'à maintenant. Si ça se trouve, Julia est dans le même état que toi. Oh et puis zut ! Il faut qu'on te le dise. Ça fait plus d'une semaine qu'elle ne va plus à son travail. Son père est venu dire à sa patronne qu'elle démissionnait. Il paraît qu'elle partirait prochainement dans sa famille, en Italie. Et définitivement, si tu vois ce que je veux dire. Alors maintenant, tu vas arrêter de noyer ton chagrin dans ta vodka, tu vas aller dormir une vraie nuit, et demain, à la première heure, tu vas là-bas, tu lui dis tout ce que tu as sur le cœur et tu verras bien ce qu'il se passera. C'est compris ?

Rudy fixait Ivan qui écarquillait les yeux d'étonnement. C'était bien la première fois qu'il voyait Marianne en colère. Quelle colère ! Il avait soudain l'impression d'être un enfant grondé par sa mère. Et comme toutes les mères, Marianne avait raison. Il fallait qu'il revoie cette femme qu'il aimait. Son manque devenait insupportable. Il devait en avoir le cœur net. Quand bien même il aurait préféré ne pas précipiter les évènements, ne pas la brusquer, il devait courir ce risque.

Pendant ce temps-là, au gîte des Oliviers, Julia relisait en boucle tous les messages qu'Ivan n'avait eu de cesse de lui envoyer et auxquels elle n'avait pas répondu. Elle était inconsolable depuis son départ, bien qu'il représentât encore à ses yeux la quintessence du mal. Elle était amoureuse de cet homme, elle en avait conscience. À trop y penser, il lui était devenu impossible de rester rationnelle. Devoir choisir entre son amour pour lui et ses convictions s'apparentait à de la torture.

Perdue au milieu de ses sentiments contradictoires, elle décida d'aller parler à ses parents. Et ce soir-là, pendant près d'une heure, assise face à eux dans le salon, elle leur raconta tout. Le jeu, la dette, qui était réellement Ivan ou du moins, ce qu'elle savait sur lui, ce qu'elle ressentait pour cet homme, ses cauchemars, son désarroi, son dilemme. Elle leur avoua tout, sans détour, pour se sentir plus apaisée, espérant des mots réconfortants qui l'aideraient à prendre les bonnes décisions.

Monica regarda plus souvent son mari que sa fille pendant qu'elle se confiait. Quand Julia eut fini, sa mère, doucement, commença à parler :

— Écoute ma puce, ton père et moi savions qui était Ivan dès les premiers jours de son séjour ici. Mais on ne pensait pas que ça irait si loin entre vous. Quand on a compris, c'est nous qui lui avons demandé de partir. On ne voulait plus qu'il te voie.

— Mais pourquoi lui avoir dit ça ? Comment avez-vous su ?

— Ça serait trop long à t'expliquer, et tu n'es pas en état de l'entendre, et...

— Julia, cara mia, si on est venu ici quand tu étais petite, c'était pour que tu puisses vivre ta vie normalement, loin du carcan familial italien. Tu ne sais pas tout encore de notre passé, sur notre famille. Mais ça viendra en temps et en heure. Nous voulions que tu sois heureuse. Nous voulions te préparer à affronter ton avenir comme tous les parents doivent le faire avec leurs enfants. Nous sommes convaincus que ce n'est pas sans raisons si Ivan a fait en sorte de te rencontrer, de venir ici, de te séduire. On a eu peur pour toi. Alors ce matin-là, je lui ai parlé. Je lui ai dit que je savais qui il était, qu'on ne voulait plus qu'il te voie, que tu méritais mieux. Qu'il n'avait pas sa place dans ta vie. Qu'il ne te connaissait pas, ni toi ni ton passé. Et qu'en aucun cas cette aventure ne pouvait durer plus longtemps.

— Comment as-tu pu me faire ça, papa ?

— J'ai voulu protéger mon unique fille.

— Qu'est-ce qu'il t'a dit ?

— Qu'il t'aimait sincèrement et ne voulait que ton bonheur. Que c'était à toi de décider, pas à nous. Même si nous n'étions pas d'accord, il a voulu te parler avant de partir. C'était sa seule condition.

La jeune femme se rappela ce qu'elle avait entendu ce matin-là. *Elle décidera.*

— Comment avez-vous pu me faire ça ? Je ne le verrai plus. J'ai perdu l'homme que j'aime par votre faute. Vous m'avez trahie. Soyez maudits ! Je vous déteste !

La fureur lui faisait dire ce qu'elle ne pensait pas mais il fallait qu'elle exhorte sa colère.

Désespérée, elle remonta en courant, et s'enferma dans sa chambre pour pleurer.

—Nous sommes déjà maudits, marmonna Monica.

Le lendemain, la jeune femme se leva avant le soleil. Elle avait besoin d'aller sous le vieux chêne, là où tout avait commencé, là où tout s'était perdu. Elle pensait qu'en allant là-bas, elle pourrait remonter le temps, et revoir Ivan. Elle pensa qu'il était trop tard pour faire machine arrière, lui dire de venir. Ce qui la blessait encore plus. Toujours abasourdie par les aveux de ses parents et affaiblie par le manque de sommeil, elle s'approcha de l'arbre en vacillant. Elle s'assit sur le banc à la peinture écaillée par les intempéries de ces derniers mois, ferma les yeux et revécut son premier baiser avec lui. Elle ne pleurait plus, résignée à l'avoir perdu. Elle ne sentit pas le soleil qui s'était levé sur la pâleur de son visage, ni la brise fraîche du matin qui ondulait ses cheveux. Elle n'entendit pas les voitures arriver dans un nuage de poussière blanche.

Ivan et Rudy descendirent des véhicules. En entendant le bruit des moteurs, les parents de Julia sortirent sur le pas de la porte. Ivan aperçut sa belle et sentit renaître son cœur dans des battements vigoureux. Il partit d'un pas rapide la rejoindre, et en passant devant Alvaro, il lui lança un *« Après je viens vous parler »* déterminé. Il ne se rendit même pas compte qu'en fait, il courait. En arrivant près de l'arbre centenaire, il ralentit son allure et fit face à la jeune femme.

— Je t'avais dit que je reviendrai.

— Mais je ne t'ai pas dit que j'étais prête.

— Toi aussi tu m'as manqué... princesse.

Son visage s'illumina de la joie qu'elle éprouvait. Tremblante, elle se leva doucement. Elle posa alors une main sur le cœur d'Ivan, et de son autre main, elle caressa les cheveux ondulés de l'homme qu'elle pensait ne jamais revoir. Elle ramena son visage barbu vers le sien. Ils s'enlacèrent, s'embrassèrent longuement, heureux d'être à nouveau l'un près de l'autre, l'un contre l'autre. Les minutes passaient. Ils ne se lâchaient plus. Julia sentait à nouveau cette douce chaleur dans son ventre qui trahissait l'envie qu'elle avait de devenir complètement sienne. Elle aimait cette sensation. Toutes ses peurs s'évanouirent en un instant, laissant la place au bonheur d'être dans les bras de son russe.

— Moya printsessa, ça y est. J'ai tout arrêté ici. Je n'ai plus de salles, je ne fais plus parti du Milieu ici. C'est pour ça que je suis venu te chercher. Je ne supporte plus d'être seul, sans toi. Je veux que tu viennes avec moi. Je veux t'avoir tous les jours à mes côtés. Viens vivre avec moi. Tu me manques tellement. Sans toi, je ne suis plus rien ! Je veux qu'on reste ensemble, à chaque instant de chaque jour.

— Déjà ? Mais Ivan ! Je suis tout juste ta petite amie et…

—Niet ! Ne dis plus jamais ça, tu entends ? Plus jamais ! Tu n'es pas une femme de passage. Tu es la femme que j'aime, la femme que j'ai choisie, celle avec qui je veux vivre le reste de ma vie, celle qu'un jour j'épouserai, celle avec qui je veux fonder une famille. Je veux te ramener chez moi. Chez nous. À la Bastide.

Transportée de joie, Julia s'agrippa au cou de son homme et lui murmura à l'oreille :

— C'est tout ce que je voulais entendre. Ils m'ont menti Ivan. Ils m'ont trahie. Alors emmène-moi où tu veux, je te suivrai.

— Vas-y princesse. Je dois parler à ton père.

Habituée à suivre les directives des hommes de la famille, Julia s'exécuta et monta dans sa chambre pour rassembler ses affaires, heureuse comme jamais de démarrer sa nouvelle vie auprès d'Ivan. Dans la cuisine, Rudy attendait avec les parents. Seul le tic-tac de l'horloge murale brisait un silence pesant. En entendant Ivan, Alvaro se tourna vers sa femme et d'un air résigné, lui fit un signe d'approbation de la tête. Monica comprit. Le moment était venu. Les premiers pourparlers auraient lieu dans cette pièce, sans sa présence comme toujours. Elle monta donc rejoindre sa fille.

— Monsieur Del'Angelo, j'emmène Julia avec moi que vous soyez d'accord ou pas. Elle a pris sa décision. Elle vient vivre chez moi. À partir de maintenant, elle sera ma compagne, que ça vous plaise ou non.

Ivan avait cet air déterminé et sévère qui avait fait sa réputation d'homme intransigeant.

— Alvaro. Je pense que désormais tu peux m'appeler Alvaro, puisque ma fille a fait son choix. Maintenant à mon tour de te parler. Sache que tu ne sais pas tout sur Julia. Mais ça, ce n'est pas important pour le moment. En revanche, je vais te donner un conseil : fais lui confiance.

— Je lui fais confiance !

— Non, ce n'est pas vrai. Pour la simple et bonne raison que tu ne lui as pas tout dit sur toi.

— Elle n'a pas à tout savoir pour le moment.

— Oh que si ! Si tu lui caches quoi que ce soit, elle deviendra ton point faible. Alors qu'au contraire, si tu lui parles, et que tu lui fais entièrement confiance, tu n'as pas idée à quel point elle pourra devenir ta force.

— Si je lui parle, je la perds ! Je refuse de l'effrayer avec ça.

— En es-tu sûr ? Si elle t'accepte aujourd'hui comme tu es, elle le fera demain aussi, comme tu seras. Elle a maintenant assez de force pour accepter.

— Lui dire c'est la mettre en danger. Vous le savez. Il n'en est pas question.

— Lui dire Ivan, c'est reprendre la force que le Tigre a perdu dernièrement. Et par la même occasion, c'est réaffirmer ta place à la tête de l'Organisation russe.

— Wow, wow, wow, on se calme! intervint Rudy. Comment savez-vous pour Ivan ?

— J'en sais plus que tu ne le penses, Rudy. Tu vois, je te connais aussi. Et je sais aussi que, par exemple, certains membres de l'Organisation russe veulent détruire le Tigre depuis le début de son exil pour mettre le polonais à sa place. Et je sais aussi que des italiens veulent s'implanter en Russie en faisant main basse sur le réseau de l'Organisation. Apparemment, ils n'ont aucune idée des conséquences qu'ils en subiront s'ils s'entêtent dans cette voie !

— Mais comment savez-vous tout ça ? Et en quoi parler à Julia peut-il arranger les choses ? Continua Rudy.

— Peu importe comment je le sais. Mais lui parler, c'est légitimer sa position au côté d'Ivan. Elle deviendra une alliée précieuse par la suite.

— Comment ça ? Attendez tous les deux ! Il y a quelque chose qui m'échappe là. En quoi Julia, la petite française, peut-elle devenir une alliée si précieuse ? La force d'Ivan en Russie ?

— Elle est italienne, répondit Ivan très calmement sans jamais lâcher Alvaro des yeux.

— Elle peut être ital... (Rudy réalisa soudain la situation.) Italienne... Vous voulez dire que... Oh bon sang !

— Oui en effet, répondit Alvaro. Je suis surpris que tu le saches déjà, Ivan.

— Ivan, mon frère, c'est vrai ? Julia c'est ... c'est le... c'est la...

— Oui c'est elle.

— Oh merde .... Merde, merde, merde ! Bon sang, c'était juste une histoire que tes parents nous racontaient quand on était gosse. Je savais pour le Clan italien mais je croyais que... qu'elle... que ce n'était qu'une légende ! Et depuis quand tu le sais toi ?

— Depuis pratiquement le début de mon séjour ici.

— Oh merde ! (Rudy se leva, mit ses mains sur

sa tête). Putain, mais Ivan, tu réalises ce qu'il risque de se passer si ça vient à se savoir au sein de l'Organisation ça ? Tu as pensé à la famille là-bas ? Rappelle-toi ce que ton père nous disait. Qu'il ne fallait pas la croiser, et encore moins l'approcher, sinon ça…

— Ça finira dans un bain de sang, répondit Alvaro, calmement. Les rebelles se soulèveront, certains réseaux italiens en profiteront, et le polonais mettra son grain de sel. Bref, un carnage sauf si…

— Sauf si je lui dis tout et qu'elle prend la place qui lui revient désormais.

— Exact ! Tu n'as donc pas d'autres choix que de légitimer la position de Julia à tes côtés, à la tête de ton Organisation. Et tu pourras ainsi mieux la protéger pendant que tu finiras notre travail. Il faut la préparer à faire face à son destin, et l'aider à reprendre sa propre place. Ainsi le Clan de Toscane restera calme tant qu'il ne lui arrive rien. Je te le promets.

— Ah mais parce qu'en plus, elle ne sait pas qui elle est vraiment ? interrogea Rudy, médusé.

— Pas encore, répondit Ivan calmement. Je lui parlerai. Mais quand je l'aurais décidé.

— Non ! Tu le feras et vite. Très vite. Le Tigre ne doit pas tomber. L'Organisation ne doit pas passer aux mains du polonais. Et tu le sais très bien. Ça n'arrangerait pas le Clan si ça devait se produire. Hors de question que ma famille soit menacée par certains rivaux à cause de ta faiblesse pour Julia. Tu dois lui parler rapidement. Il en va de la vie de ma fille maintenant. Tu veux Julia ? Tu dois en assumer les conséquences. Et la première est que tu deviens le garant de sa vie pour assurer le maintien de l'ordre entre Iaroslavl et Lucca. N'oublie jamais une chose Ivan. Quand tout se saura, Julia sera la première personne à abattre pour une grande majorité de réseaux, que ce soit en Russie ou en Italie, et pas forcément pour les mêmes raisons. Ne sous-estime jamais son pouvoir Ivan. Ne dénie jamais sa puissance. Auquel cas tu te perdras. Elle peut t'anéantir. Garde-le bien en tête. Être avec Julia c'est prêter allégeance au Clan. Mais ça je pense que tu le sais déjà. Alors à partir d'aujourd'hui, mène-la à la place qui lui revient de droit, qui est la sienne, à Iaroslavl comme à Lucca.

En sortant de la pièce, Rudy attrapa Ivan par le

bras, affolé.

— Et ton père ? Comment vas-tu lui annoncer ça, hein ?

— Il le sait déjà.

— Quoi ? Oh merde, merde ! Il sait que Julia c'est… ?

— C'est lui qui me l'a appris, quand je l'ai appelé pour lui parler de Julia.

— Et il ne t'a rien dit d'autre par hasard ? Comme par exemple, je ne sais pas moi, que c'était une très mauvaise idée de t'entêter dans cette relation ? Que ton histoire avec elle risquait de causer ta perte et celle de l'Organisation tout entière ? Enfin, un truc sensé quoi !

— Il m'a dit la même chose que son père. Et il n'approuve pas notre relation, évidement. Mais il l'accepte.   Et quand bien même il n'aurait pas été d'accord, je n'en ai rien à faire. C'est mon choix, ma décision. Ni personne, ni quoi que ce soit ne me fera changer d'avis.

— Super ! Maintenant c'est sûr. Si j'avais su tout ça avant, jamais je ne t'aurais filé son dossier ! Putain Ivan. J'espère que tu as bien réfléchi et que tu te rends vraiment compte dans quelle galère tu nous embarques. Bon sang de bon sang. Et en plus, tu la ramènes à la Bastide. Le seul endroit où on était tranquille, en sécurité. Eh bien les prochains mois, on a intérêt à s'accrocher au navire, parce que la mer va sacrément bouger ! Que Dieu nous épargne et nous pardonne !

5

Julia regardait le paysage défiler avec des yeux pétillants d'émerveillement. Elle redécouvrait un horizon d'un vert grisâtre, aride, à la rocaille aiguisée comme du silex. Un diamant d'une beauté voluptueuse, forgé par des saisons impétueuses. Car ici, en Provence, le soleil brûle en été et le vent glace en hiver. Et entre ces extrêmes, la pluie timide ne s'exprime que par des colères orageuses.

Elle était paisible. Elle réalisait qu'elle était chanceuse d'avoir pu enfin prendre une décision par elle-même, contre le dictat de son père. Elle était sans nul doute la première femme à oser braver l'autorité masculine de la famille. Elle se sentait libre. Libre d'aimer sans avoir à subir les jugements et les critiques d'une famille bien-pensante, dont les mœurs se limitent aux carcans frustrants d'une idéologie ancestrale et désuète, ne tenant pas compte du bonheur d'être libre d'aimer.

Puis vint l'impatience. Celle de découvrir l'antre

de celui qui, il y a peu, était le propriétaire de sa dette, celui auquel appartenait désormais son cœur, et qui sera sous peu le possesseur de son corps. Son repenti, son russe, son homme.

En arrivant à l'entrée du petit domaine situé sur les hauteurs d'Aix, Julia fut impressionnée. Passant une immense grille en fer forgé noir sur laquelle on pouvait voir des écussons, avec ce qui semblait être des armoiries familiales, l'italienne découvrit une jolie maison sur la droite.

— C'est la maison de Rudy et Marianne, expliqua simplement le jeune homme.

Ils continuaient d'avancer doucement sur le court chemin de terre blanc, se faufilant entre quelques pins d'Alep et chênes verts, et au bout duquel une maison bourgeoise s'imposait.

Ivan arrêta sa voiture devant les trois marches en pierres calcaires de Fontvieille du perron.

— On est arrivé. Ça te plaît ? demanda-t-il, amusé de voir la réaction de Julia.

— Je ne pensais pas que tu habitais dans un tel endroit.

— Je te l'ai dit princesse, ne te fie jamais aux apparences, elles sont souvent trompeuses.

Il descendit de voiture pour en faire le tour et tels de jeunes mariés, il la prit dans ses bras pour leur première entrée ensemble, dans leur maison.

— Je t'avais dit aussi qu'un jour tu aurais une vie de princesse. Eh bien je te l'offre.

Heureuse, elle l'embrassa en s'agrippant à son cou. Tenant toujours la jeune femme fermement dans ses bras robustes, Ivan avança dans le couloir qui traversait la demeure de part en part. Julia put apercevoir ce qui semblait être la salle à manger, puis le salon. Dans son dos, elle sentait l'escalier en pierres blanches. Elle avait l'étrange sensation que cette maison lui était familière.

Arrivés sur la terrasse, il laissa sa belle glisser, et observa sa réaction ébahie. Elle devenait curieuse, avide de découvrir toutes ces nouveautés qui l'émerveillaient. Il se posta derrière elle, l'entoura de ses bras, et posa son menton sur l'épaule de Julia pour lui murmurer :

— tu aimes ?

— C'est splendide !

— Pas mal pour un petit appartement miteux,

hein ? railla Ivan. Maintenant, tout ça c'est aussi à toi.

— Merci.

À l'ombre des arbres, de l'autre côté de la cour, Marianne et Rudy finissaient de tout installer. En se retournant, elle aperçut Ivan poser une jeune femme brune sur la terrasse. Elle ne put s'empêcher de s'exclamer en russe :

— Mon Dieu ! Le Tigre et......

— Tais-toi ! Lui répondit Rudy. Elle ne sait pas. Pas encore. Bizarre d'ailleurs qu'elle n'en ait aucune idée.

— Quelle tristesse. Nous allons briser une innocence.

— Oui. Malheureusement c'est à nous de le faire. Nous n'avons pas le choix.

—Tu penses qu'Ivan va y parvenir ?

— Il doit y arriver. Nous l'aiderons. Marianne, notre avenir est entre ses mains maintenant. À nous de la guider, parce qu'elle seule peut nous sauver. Elle est maîtresse de nos vies désormais. Ne l'oublie jamais.

— Ça ne devait pas se passer comme ça.

—Je sais. On ne peut rien faire contre les

volontés du destin. C'était écrit. On ne pouvait pas l'éviter.

— C'est vrai qu'elle est belle.

— Pas autant que toi ma chérie.

— Humm, mais quel grand flatteur vous êtes Monsieur Kowinski ! J'ai beaucoup de chance.

— Je le crois aussi.

— Marianne je te présente, Julia.

— Ravie de vous connaître enfin, Julia. Je suis Marianne, la femme de Rudy, et accessoirement l'intendante de la Bastide. Si vous avez besoin de quoi que ce soit, demandez-moi sans hésiter. Je suis là pour ça.

— Elle est surtout mon amie tout comme Rudy, rajouta Ivan.

—Bon. Eh bien si on passait aux festivités maintenant. Il me semble qu'il y ait des choses à fêter par ici.

L'humeur générale était effectivement à la fête. Pour marquer l'arrivée de la jeune femme à la Bastide, Marianne avait cuisiné rapidement quelques petits plats typiquement italiens, des antipastis, et autres petites choses à grignoter. Il y avait aussi de la vodka, du kvas, de la bière, et du Rasteau doré, un vin doux que Julia appréciait beaucoup. Ils parlaient de tout et de rien, riaient parfois, surtout en voyant la réaction de l'italienne après avoir goûté les alcools traditionnels russes. Cet apéritif dinatoire se déroulait dans la joie, l'amitié et l'amour.

Puis la curiosité de Julia l'emporta.

— Vous êtes mariés depuis combien de temps ?

— Ça a fait six ans au mois de Février, répondit Rudy en regardant tendrement sa femme.

— Et vous n'avez pas d'enfants ?

La question de la jeune femme jeta un léger voile de gêne autour de la table. Les trois amis se regardèrent en coin, attendant que l'un d'eux se lance. L'un des moments redoutés tombait comme un couperet. Personne n'osait prendre la responsabilité d'aborder l'un des sujets délicats, sachant qu'il fallait jouer de prudence et miser sur les mots justes pour limiter les risques.

— Pardon, je ne voulais pas être indiscrète. Je suis désolée.

— Il n'y a pas de soucis, répondit calmement Marianne. Pour te répondre, non nous n'en avons pas. Et nous n'en aurons pas.

— Ah bon ?

— Oui, j'ai eu un problème plus jeune. Je ne peux plus en avoir.

— Je suis désolé.

— Ne t'inquiète pas, nous sommes quand même heureux ensemble. (Marianne tourna son regard vers Ivan) Il faudrait lui dire Ivan. Je pense qu'il est temps qu'elle sache pour comprendre.

— Me dire quoi ? s'étonna Julia. Et pour comprendre quoi ?

— Non, elle n'a pas à savoir maintenant, répondit Ivan tristement. Elle vient à peine d'arriver. Ce n'est pas vraiment le moment.

— Ivan, tu dois lui dire. Tu ne pourras pas repousser l'échéance éternellement. Tu le sais. Plus vite elle saura, mieux ce sera pour vous. Pour nous tous.

— Non, pas maintenant. C'est trop tôt. Je ne peux pas...

— Alors c'est moi qui lui dis. (L'intendante se

remit face à la nouvelle venue et prit une grande inspiration). Il y a neuf ans de ça, je venais de quitter mon petit ami et son copain de toujours pour rentrer chez moi. Et puis un homme m'a attrapée par derrière, m'a entraînée dans une ruelle plus sombre, et m'a... violée. Je n'ai pas osé rentrer chez mes parents. J'avais honte. Alors tant bien que mal, je suis retournée chez les parents d'Ivan.

— Ton petit ami de l'époque ?

— Non, son meilleur ami. C'était Rudy mon fiancé. Les parents d'Ivan m'ont soignée, et ont prétexté je ne sais plus quoi à mes parents pour que je puisse rester chez eux le temps de me remettre. Rudy et Ivan, sans rien en dire à personne, ont recherché cet homme. Quelques semaines après, j'apprenais que j'étais enceinte, à la suite du viol. Mes parents m'ont reniée sans vouloir comprendre. Je me suis faite avortée. Mais ça s'est mal passé. Et depuis….

— Je suis navrée d'entendre ça Marianne ; vraiment désolée... Et pourquoi vous êtes venus en France ?

— Comme je te l'ai dit, Rudy et Ivan ont

recherché ce type, continua calmement Marianne. Et ils l'ont retrouvé…

— Ivan dis-lui. S'il te plaît. (Rudy essayait de cacher la tristesse de sa voix). Il vaut mieux que ce soit toi qui lui expliques.

— Je ne peux pas.

— Il le faut mon frère. Elle comprendra, j'en suis sûr.

— Si je lui dis, je la perds.

— Ivan, dis-moi. S'il te plaît. Ça ne doit pas être si horrible que ça quand même.

Le jeune homme se leva, s'éloigna du groupe, sans un regard pour la belle. À son tour elle alla lui faire face, et prenant son visage barbu entre ses mains, lui redemanda avec tendresse :

— Ivan, dis-moi.

— Non, ne me demande pas ça.

— Pourquoi ?

— Je ne veux pas te faire peur. Je ne veux pas déjà te perdre. Je sais que tu ne vas pas aimer la fin de l'histoire.

— Laisses moi décider de ce que je veux faire ou

pas. Alors maintenant, parles moi. Fais-moi confiance Ivan. S'il te plaît…

Le jeune homme eut un soupir de résignation. Il regarda tristement la jeune femme.

— On l'a retrouvé, et on lui a fait payer ce qu'il avait fait à Marianne.

— C'est-à-dire ?

— On l'a battu. Encore et encore. Au point de le tuer. Je lui ai brisé les cervicales de mes mains.

Ivan baissait la tête. Julia enleva ses mains du visage de cet homme, abasourdie par ce qu'elle venait d'entendre.

— Princesse, c'était il y a neuf ans ! Marianne était détruite physiquement, reniée par sa famille. Et ce type qui se baladait tranquillement. Il était impensable pour Rudy et moi qu'il s'en tire à si bon compte, tu comprends ?

La jeune femme fixait le sol d'un regard vide. Après ce qui avait paru être une éternité pour le russe, elle releva la tête, et lui demanda :

—Et si c'était à refaire ?

— Je le referais. Tu n'as pas idée de l'état dans

lequel on l'a retrouvée. Alors oui, sincèrement, je le referais.

— La suite ?

— J'ai été arrêté. Je ne voulais pas que Marianne se retrouve sans qui que ce soit pour veiller sur elle. Avec Rudy, on s'était mis d'accord. J'ai dit que j'étais seul quand c'est arrivé. On m'a jugé et condamné à 10 ans de prison. J'ai été envoyé en Sibérie pour purger ma peine. Mais je ne faisais que me battre là- bas. J'avais un statut à défendre, tu comprends ? Mon père avait des relations haut-placées. Il a négocié ma sortie anticipée, pour ma survie, et pour continuer à diriger les affaires de la famille. En contrepartie, je devais quitter le pays sans retour possible pendant le reste de ma peine. Alors mon père nous a envoyé tous les trois ici, à la Bastide, dans cette maison qui appartient à sa famille depuis plusieurs générations. Voilà, tu sais tout princesse.

Ivan était inquiet. Elle l'avait écouté sans dire un mot, sans même vraiment le regarder un seul instant.

— C'est pour ça aussi que depuis son passage en prison, il est surnommé Tigre. Là tu sais tout ! rajouta Rudy pour clore cette discussion, et cherchant à lancer un autre sujet sur lequel, tôt ou tard, son ami devrait aussi s'expliquer.

Le Tigre. La Russie. Pourquoi ai-je l'impression que tout cela m'est familier ? Pourquoi sa violence ne me fait pas peur ?

Julia se tourna vers Ivan.

— Ce monstre ne méritait pas mieux. On ne fait pas de mal à une femme. Je ne vais pas te laisser Ivan. Je t'aime trop pour ça. Si tu me lâches Ivan, alors je te lâche. Mais tant que tu ne me lâcheras pas, je ne te laisserai pas tomber.

Rassuré, le jeune russe enlaça sa belle. Il serra dans ses bras cette femme si fragile et innocente, cherchant à lui donner la force et le courage de subir tout ce qu'il se passerait dans un avenir proche. Un premier cap était passé. Mais le plus difficile était à venir. Il le savait. Comment lui faire accepter ce qu'elle devra vivre par obligation sans la heurter ? Comment lui faire comprendre que tout ce qu'il se passera ne servira qu'à assurer le maintien de l'ordre au sein de l'Organisation et du Clan, à définir un pacte entre la Russie et l'Italie ? Comment réagira-t-elle lorsqu'elle apprendra que leur passé est étroitement lié, qu'elle est celle qui doit changer l'ordre des choses ? Comment allait-il s'y prendre pour l'initier aux ruses, aux négociations scabreuses, aux affrontements, au pouvoir ?

6

Les semaines passèrent. Un nouveau bonheur régnait à la Bastide. Julia et Ivan vivaient pleinement leur amour, tant sentimentalement que physiquement. Leur première nuit fut intense en émotions. L'italienne lui avait offert son bien le plus précieux, et Ivan l'avait pris avec une infinie délicatesse, honoré par cette preuve d'amour. Depuis, chaque jour, ils s'aimaient avec fougue et passion, au-delà du possible.

L'italienne prenait un peu plus ses marques dans cette maison, dont Marianne lui avait succinctement raconté l'histoire.

— Ce qui est quand même curieux, c'est que la Bastide a été, paraît-il, gagnée lors d'une partie de cartes par un aïeul d'Ivan à une italienne qui était, soi-disant, sa maîtresse ; alors que celle-ci l'avait obtenue en guise de cadeau de mariage d'un bourgeois français ! lui avait-elle expliqué. Ironie du sort, n'est-ce pas ? Tu vis désormais dans une maison dont l'histoire tourne autour des pays dont vous êtes tous les deux natifs, et qui n'est autre que le résultat d'une mise perdue ; tout comme votre rencontre finalement. Et tu veux qu'Ivan arrête ce qui semble être dans ses gènes depuis des décennies ? Même si nous le voulons tous, je te souhaite bien du courage. Parce que le jeu clandestin est bel et bien ancré dans cette famille depuis trop longtemps pour faire changer la donne ! Mais bon… après tout, cette histoire n'est qu'une légende.

En entendant le récit de Marianne, Julia eut un frisson. Puis une douce chaleur l'enveloppa. Elle eut même la sensation d'une caresse sur son visage. Une impression qu'elle avait eu à plusieurs reprises depuis son arrivée dans cette maison, tout comme l'étrange conviction d'être observée. Au point que parfois, elle doutait de ses capacités mentales. Elle n'en dit jamais rien à quiconque par peur de subir leurs railleries. Elle préférait garder ce secret, certaine qu'un jour elle en comprendrait la signification.

Julia écoutait toujours Marianne. Elle avait raison. Cette histoire farfelue ne pouvait qu'être apparentée au résumé d'un roman d'amour, au mieux à la trame d'une légende émanant d'un conte de fées. *En effet ! Quelle ironie du sort ! Et quel triste destin pour les Stokowitch...* Mais elle n'avait pas besoin d'avoir le courage d'attendre des jours meilleurs, puisque son homme avait déjà quitté ce milieu pour elle. Apparemment, l'intendante n'en savait rien.

Julia ne chercha pas non plus à connaître les véritables raisons des absences régulières de Rudy pendant plusieurs jours. Ni même d'où provenait l'argent qui s'amassait dans le coffre caché dans la chambre, derrière un petit meuble d'appoint, au ras des plinthes. Un coin secret qu'elle connaissait pour avoir vu Ivan l'ouvrir sous ses yeux, sans tenter de lui dissimuler. Après tout, au gîte aussi il y en avait un que son père remplissait tous les mois après ses escapades dans la famille italienne durant trois jours.

À contre-cœur, les parents d'Ivan s'étaient résignés à accepter l'entrée dans la famille de l'italienne. Petit à petit, ils commençaient à apprécier Julia pour ses traits de caractère qu'elle laissait paraître au gré de leurs rares conversations téléphoniques. Finalement, elle pourrait être une bonne épouse pour leur fils. Mais surtout, elle serait une alliée précieuse, un appui non-négligeable pour la famille à long terme. Il fallait tirer parti de cette alliance. Le seul problème serait de la légitimer aux yeux de l'Organisation. Être la compagne du Tigre ne lui suffirait pas pour être acceptée à la place qui lui revenait. Et c'était encore trop tôt pour l'imposer. Alors en attendant, il fallait mettre au point l'arrivée imminente de Julia comme l'égale d'Ivan à la tête du réseau. Le patriarche de la famille Stokowitch s'y attelait avec l'aide de Boris et Stanislas, ses gendres.

De leur côté, Rudy et Ivan commençaient à préparer Julia à ce qui l'attendait. Devenir la femme du jeune homme ne serait pas si simple. Avec patience et d'innombrables détours, ils lui parlaient de la Russie au gré de conversations aux apparences anodines. La diversité des paysages, les beautés architecturales, les évènements politiques, l'importance de la religion orthodoxe dans la famille, l'importance de la famille, et de Iaroslavl, superbe ville princière située à près de trois cents kilomètres à l'est de Moscou, sur l'anneau d'or. Elle était leur fief. La famille Stokowitch régnait en maître sur l'un des six raïons, celui de Leninski. Bientôt l'exil d'Ivan prendrait fin et il pourrait emmener sa compagne découvrir sa terre natale qui lui manquait tant, sa ville et ses nombreuses églises orthodoxes, toutes plus belles les unes que les autres, avec leurs dômes majestueux aux parures dorées étincelantes, leurs couleurs vives et chatoyantes. Il pourrait enfin la présenter officiellement à sa famille.

Mais avant d'entreprendre ce voyage, il fallait absolument qu'Ivan parle de l'Organisation à l'italienne. Comment lui expliquer son appartenance à la mafia russe sans avoir l'appréhension que ce soit trop insupportable pour la belle ? Lui dire en douceur serait trop long, être direct était trop risqué. Le choix du jeune homme était limité.

Ivan ouvrit la porte-fenêtre du bureau qui donnait sur la terrasse et le parc. Il appela Julia, lui demandant de le rejoindre.

— Que dieu me vienne en aide.

— Elle est prête, lui répondit Rudy. On n'a plus le choix, ni le temps d'attendre. Il faut lui en parler aujourd'hui.

L'injonction d'Ivan fit sursauter Julia qui lisait tranquillement assise à l'ombre d'un mûrier-platane.

Lucrèce Borgia ... Quelle histoire ! Quelle époque misérable ! Entre les trahisons, les meurtres, les incestes et autres coucheries sous le couvert de la soutane, l'Italie avait connu l'une de ses époques les moins glorieuses qu'il soit.

Elle entra dans le bureau en souriant, étonnée de voir que Rudy était présent.

— Viens t'asseoir princesse. Il faut qu'on te parle.

Julia s'exécuta avec une certaine appréhension de ce qu'elle allait entendre.

Ivan et Rudy prirent place en face d'elle. Elle voyait bien que l'homme dont elle partageait la vie depuis quelques mois, paraissait mal à l'aise. Il n'osait pas la regarder. Il semblait chercher ses mots comme un jouvenceau timide qu'il n'était pas. Il n'en était que plus attendrissant aux yeux de la jeune femme. Rudy était plus serein. Il la regardait d'un air apaisé, avec un léger sourire, ce qui la rassura un tant soit peu.

— Qu'est-ce qu'il y a ? C'est grave ? demanda-t-elle.

— Non, non princesse. Rien de grave. Je peux

retourner en Russie. Mon exil se termine.

— Super ! Je suis heureuse pour toi. Depuis le temps que tu attends ce moment ! s'exclama la belle avec une joie non feinte. Tu vas pouvoir revoir ta famille Ivan.

— Je vais aussi revoir les membres de l'Organisation ! lâcha-t-il sans détour, d'un ton sec.

— L'Organisation ?

— Oui.

— C'est quoi au juste cette Organisation ?

Ivan soupira, se frottait les mains nerveusement, regarda brièvement Rudy qui lui fit un léger signe de la tête en guise d'encouragement.

— Ma princesse, tu te rappelles quand on s'est connu ? La vie que je menais ne te plaisait pas…

— Oui mais tu as tout arrêté, tu me l'as dit.

— Oui, j'ai tout arrêté…. Ici…. En France.

— Comment ça ? Tu m'avais dit que...

— Oui je sais. Mais je ne pouvais pas arrêter en Russie comme ça. En étant en exil.

— En Russie ? Parce qu'en Russie aussi tu… ?

— Écoute Julia. Le réseau français, par amour

pour toi, je l'ai filé à Jackson, l'américain. Ici, maintenant, je suis clean. Là-bas, c'est différent. Ce n'est pas si simple. L'enjeu n'est pas que financier, là-bas. Il est aussi politique quelque part. Et il y a des risques pour ma famille.

— Oh mon dieu ! Ne me dis pas que tu fais partie d'un…. D'un… De la mafia russe ! Pas ça Ivan !

— Si. Je dirige l'Organisation à Iaroslavl. C'est un peu moins violent que le réseau de mes cousins de Moscou puisque nous ne touchons pas au trafic de drogue.

— Mais ça l'est quand même ! lâcha Julia, en colère.

— Parfois… Princesse, il faut que tu comprennes. Je ne l'ai pas choisi. J'ai juste repris la place de mon père par obligation le jour de mes quinze ans, pour protéger ma famille. Tant que je contrôle l'Organisation, mes parents et mes sœurs sont en sécurité.

— Non ! Non Ivan ! Je ne comprends pas !

Le ton de Julia montait en décibels. Rudy se redressa sur son fauteuil, se mit en avant, et prit le relais afin d'apaiser les tensions et tenter de calmer la jeune femme.

— Julia, je pense que tu dois d'abord savoir ce qu'est l'Organisation. La famille d'Ivan, à une époque pas très flamboyante pour les russes, avait vite compris que pour s'en sortir, avoir de l'argent qui manquait au peuple, il fallait rentrer dans les affaires qu'on dit cachées. En fait, aux yeux de tous, ils avaient un travail légal. Ils travaillaient à l'usine. C'était un écran de fumée parce qu'en parallèle, ils ont monté un réseau de jeux clandestins et trafics d'alcool. Au départ c'était juste dans une cave de l'immeuble où ils habitaient. Ça ne touchait que le quartier proche. L'argent a commencé à rentrer à flot et rapidement. Alors ils ont continué dans d'autres caves, dans d'autres immeubles, d'autres quartiers. Et pour pouvoir le faire, ils n'ont pas hésité à donner quelques enveloppes à certains dirigeants de la ville qui fermaient les yeux en contre-parti. La famille Stokowitch a naturellement pris le contrôle du raïon de Leninski, et de ce qu'ils ont fini par appeler l'Organisation. Quand Ivan s'est retrouvé en Sibérie, certains membres de l'Organisation ont commencé à se rebeller. Ils voulaient prendre sa place et du coup sa famille s'est retrouvée menacée. J'ai donc repris la tête de l'Organisation au nom d'Ivan, continuant à l'imposer comme chef légitime. Le fait qu'il ne soit pas sur place n'a pas aidé mais sa réputation d'homme intransigeant a permis de calmer un peu la situation, et de protéger sa famille. Tous les membres de l'Organisation sont au courant de son passé, de ce qu'il est capable de faire contre ses ennemis. Ce qui fait que la plupart le craigne, et par conséquence lui obéissent sans sourciller. Mais certains cherchent encore à l'évincer par n'importe quels moyens. Jusqu'à présent on a tenu bon. Ivan a réussi à contrôler la situation d'ici, avec l'appui des cousins de Moscou. Mais maintenant, il est temps que le Tigre retourne à Iaroslavl, et fasse le nécessaire pour asseoir son statut de chef et imposer son autorité.

Julia écoutait sans totalement comprendre ce qu'elle entendait. Le récit de Rudy était sourd, confus, incohérent. Elle ne disait pas un mot. Sa respiration était lente, elle cherchait à rester calme. La seule chose qu'elle comprenait à présent, c'étaient les raisons des nombreux voyages de cet ami, la provenance de l'argent du coffre. De l'argent sale. En échange de combien de menaces, de coups, de vies avait-il été récupéré ? Son confort actuel ne reposait que sur la violence et le sang de la mafia russe, sur la bêtise compulsive de joueurs qui ignoraient en toute conscience les risques de leur perte, la folie des baleines.

Le Tigre, Iaroslavl. Bizarrement, ces mots l'interpellaient encore et encore, mais elle ne comprenait toujours pas pourquoi. La chaleur d'une caresse fantôme dans son dos la fit se redresser. Un chuchotement quasi inaudible l'affola.

« N'aie pas peur. Tout ceci n'est rien pour toi. »

Maintenant j'entends des voix ! de mieux en mieux. Instinctivement elle jeta un rapide coup d'œil dans la pièce. Il n'y avait personne d'autre.

— Quoi d'autre ? demanda-t-elle à Rudy sur un ton cinglant, sans un regard pour son homme.

— Rien, répondit Ivan.

Elle tourna lentement ses yeux vers celui qu'elle pensait connaître, en gardant son attitude dédaigneuse pour lui montrer sa désapprobation sur tout ce qu'elle venait d'entendre. Elle le fixa avec une attention particulière.

— J'ai dit : quoi d'autre ?

— On ne sait pas comment, mais l'Organisation est maintenant au courant pour toi ma princesse. Pour nous…. Et pour pouvoir te protéger, et continuer à protéger ma famille, il faut que j'aille en Russie mais avec toi, pour légitimer ta position à mes côtés, au sein de l'Organisation. Je sais et je comprends que ce soit difficile pour toi d'apprendre tout ça maintenant et de cette façon, mais je n'avais plus le choix.

Julia prit une grande inspiration, se leva pour aller regarder le parc à travers les vitres de la porte-fenêtre. C'était si beau et si paisible dehors ! Elle croisait les bras, semblait réfléchir. Le silence devenait pesant pour tout le monde. Ivan et Rudy se regardaient, dubitatifs et inquiets.

— Tu attends quoi de moi ? demanda calmement la jeune femme, sans pour autant se retourner vers les deux hommes qui étaient encore assis au fond de la pièce.

— Que tu m'aimes comme tu l'as fait jusqu'à maintenant.

— Là n'est pas le problème, Ivan !

— Je sais. Mais j'ai besoin de savoir que rien n'a changé, que tes sentiments pour moi sont les mêmes, que tu ne me lâcheras pas.

— Ivan, on a passé un accord tous les deux. Si tu me lâches, je te lâche ! Mais tant que tu ne me lâcheras pas, je resterai. Je te l'ai déjà dit. Alors tu attends quoi de moi ?

— Que tu viennes avec moi, là-bas.

— Et ? C'est tout ?

Ivan se leva, alla la prendre dans ses bras, la serra contre lui. Il avait besoin de sentir son parfum, son corps contre le sien, d'avoir l'assurance qu'elle ne partirait pas.

— Et que tu acceptes ta place à mes côtés au sein de l'Organisation. C'est le seul moyen que j'ai pour l'instant de te préserver. Écoutes Julia, il faut beaucoup de temps pour changer les choses. Seul, je n'y arriverais pas. Mais avec toi... Si tu viens en Russie, à nous deux, on pourra y arriver. Tout ce que je veux, c'est te protéger et que ma famille soit hors de danger. Tu comprends ?

— En me livrant en pâture à tes ennemis ? En

m'imposant de faire moi aussi partie de ta mafia ? C'est tout ce que tu as trouvé pour me protéger ? Pour te sortir de là ? Tu m'avais promis Ivan. Tu m'avais dit que tu l'avais fait quand tu es venu me chercher.

— Je sais.

— Tu me promets de tout arrêter quand on sera là-bas ?

— Je te promets de tout faire pour, Julia, mais je ne peux pas te promettre d'y arriver. Ça risque de prendre beaucoup de temps. Il faudra que tu sois patiente. On ne sort pas du Milieu avec un simple claquement de doigts. Il faut minimiser les risques.

Julia inclina doucement sa tête en arrière, contre le torse de son homme. Elle expira longuement. Ses yeux se perdaient dans les rayons du soleil.

— Tu m'aimes à ce point ?

— Je suis fou de toi.

— C'est d'accord. J'irais en Russie avec toi.

Elle se retourna vers lui, et leva son visage vers le sien. Ils échangèrent un doux baiser pour sceller un nouveau pacte.

Les cartes seront mon guide, Et je retrouverai

mon Tigre.

Julia sortit du bureau, se souvenant de cette comptine que lui narrait une vieille femme qui la bordait le soir, lorsqu'elle était petite fille. Curieux cette coïncidence. Tout s'embrouillait. Les cauchemars, l'Organisation, la Russie, Ivan... La sensation d'être prisonnière de sentiments incontrôlables se faisait plus oppressante. Le pressentiment qu'une histoire se répétait rendait la réflexion plus incompréhensible. Tout ce qu'elle était capable de comprendre s'apparentait à des défis qu'elle ne pouvait relever seule. Elle se fit une raison. Ce serait uniquement avec Ivan qu'elle pourrait affronter les obstacles qu'ils rencontreraient sur leur chemin. Leur amour serait leur force. La patience sera leur courage. Et tout aller commencer par un voyage à Iaroslavl.

Le lendemain après-midi, le téléphone sonna dans une vaste maison située dans la campagne de Lucca.

— Pronto ?

— Rosa, c'est Alvaro. Je dois parler à Giacomo.

Tout de suite.

— Si.

La nouvelle que le père Del'Angelo allait annoncer à son frère, allait avoir l'effet d'une bombe.

Tout allait trop vite dernièrement. Il craignait que sa fille unique n'assume pas son nouveau statut. Elle sera dorénavant exposée tant aux russes vindicatifs qu'aux détracteurs de la famille italienne si ceux-ci venaient à apprendre son existence. Le moment n'était pas encore venu de mettre à jour un secret si bien gardé depuis plus de vingt ans. Mais il craignait encore plus la réaction du Clan quand il annoncerait ce qu'il venait d'apprendre. Il fallait prendre les devants tout en assurant les arrières. Le seul moyen était de renforcer l'illusion que Julia n'était pas l'héritière. Une chance quand même qu'elle se soit confiée à ses parents.

À l'autre bout du fil, la voix rauque de Giacomo se fit entendre.

— Si Alvaro. Comment vas-tu ? Tout va bien ?

— Non, ça ne va pas du tout, Giacomo. Julia part en Russie.

— Quand ?

— Dans deux semaines.

— Très bien.

— Non ! Non pas « très bien » ! Elle n'est pas prête du tout. Elle ne sait rien encore. Je n'ai jamais pensé qu'elle irait là-bas si rapidement. Et le Clan ? Comment va-t-il réagir ? Bon sang Giacomo. Elle est encore trop jeune, trop vulnérable.

— Ne t'inquiète pas pour le Clan. Il est prêt. Depuis deux décennies. On maintient les affaires en attendant la passation. Comme on l'a convenu quand tu es parti.

— Mais Julia…

— Julia est un atout pour nous en Russie. Elle doit y aller, elle a raison. Ivan n'est pas dupe. Il est intelligent, il sait ce qu'il fait. Ça fait dix ans que je surveille les Stokowitch. Je sais ce que je dis.

— Il va la légitimer à la tête l'Organisation, comme nous l'avions prévu. Mais si les russes n'acceptent pas ce passage en force, qui sait ce qu'il peut arriver !

— Au contraire ! L'imposer est la meilleure chose qui puisse la protéger, et du coup protéger nos intérêts. Ivan est rusé. Il fait en sorte que les affaires de chacun soient garanties. Malin. Très malin. Il va éviter les hostilités…

— Mais pour Julia, …

— Jamais Ivan ne laissera quiconque toucher à un cheveu de ta fille, sois en certain. Il l'aime, il ne veut pas la perdre. Il sait qu'elle est son point fort là-bas maintenant. Il a bien conscience de ce qu'elle représente vu qu'il sait tout sur elle. Pour lui, comme pour toute la famille Stokowitch. Sois tranquille Alvaro. Julia ne risque rien. Et si ça peut te rassurer, je vais prendre les devants. J'ai quelques contacts à Iaroslavl qui veilleront sur elle, juste au cas où. Alvaro, à toi maintenant de faire le nécessaire pour la préparer à la transmission. Le Clan l'attend. Je pense qu'il est temps qu'elle revienne.

— Et pour Ivan ?

— C'est juste une histoire de rôles inversés. Le russe sera la force de ta fille en Toscane, même s'il ne sera qu'une façade. N'oublie pas le pouvoir que détient Julia. Tant qu'ils ne se marient pas, tout est gérable. On pourra le contrôler.

— Va bene. Mais dis à tes fils de redoubler

d'attention avec les autres réseaux. Pas question de briser le secret maintenant. Il faut gagner un peu de temps, jusqu'au retour de Julia. Et selon comment ça se passera en Russie, on avisera.

— Si.

Monica se leva. Elle avait écouté la conversation. Elle regarda son mari tendrement pour le rassurer.

— À leur retour de Russie, nous parlerons à Ivan. Ce sera à lui de la préparer à la prise de pouvoir. Pas à nous. Un jour, contrairement à ce que pense Giacomo, elle deviendra officiellement une Stokowitch. Elle le devient déjà en allant en Russie, en devenant le bras droit d'Ivan à la tête de l'Organisation. Et notre devoir, quand elle reviendra, sera de lui rappeler qui elle est réellement. Elle sera disposée à l'entendre.

— Comment peux-tu en être aussi sûre ?

— Parce qu'elle est l'héritière. Parce que son heure est venue. Tu sais parfaitement que ce n'est pas nous ni qui que ce soit d'autre qui en avons décidé ainsi. Nous ne sommes que les instruments, les outils, les guides. Pour elle, mais aussi pour lui.

Alvaro écoutait sa femme, la voix de la raison, de

l'acceptation. Il n'eut d'autre choix que d'acquiescer de
la tête.

7

Rester assise pendant des heures dans l'avion commençait à fatiguer Julia. Elle avait à la fois hâte d'arriver à Moscou, et peur de se retrouver confronter à la famille Stokowitch.

Peu avant leur embarquement à Marignane, Ivan lui avait offert une chevalière sur laquelle deux sigles qu'elle ne comprenait pas étaient gravés.

—Il faut que tu la portes pour affirmer ta place à la tête de l'Organisation. Elle renforcera ta légitimité. Tu comprends ?

Ivan lui avait parlé avec douceur et tendresse. Mais Elle s'obstinait à refuser de comprendre. Ce qu'elle faisait, elle le faisait uniquement par amour pour lui, et en aucun cas pour faire partie intégrante d'un monde qu'elle exécrait.

Elle tournait sans cesse cette bague autour de son majeur droit, pour atténuer la sensation de brûlure qu'elle lui causait. Mais jamais elle ne voulut demander la signification des deux inscriptions, se refusant à en savoir plus sur la provenance de ce bijou.

Durant tout le voyage, Ivan ne l'avait pas laissée un seul instant. Il lui tenait la main fermement, pour la rassurer, et pour lui signifier sa gratitude d'être là, près de lui. Il avait conscience des efforts qu'elle faisait, et n'en était que plus amoureux et plus reconnaissant. Elle était réellement son âme sœur, son autre.

Julia ne voulait plus penser. La fatigue aidant, la sensation de brûlure s'atténua. Elle finit par s'endormir sur l'épaule de son compagnon.

L'avion se posa enfin sur le tarmac, avançant lentement jusqu'au terminal.

— Julia ? On est arrivé. On est à Moscou.

Doucement, Ivan réveilla sa belle. Elle ouvrit les yeux et instinctivement, regarda par le hublot. Le panorama était immaculé avec ces congères au bord de la piste. Depuis quelques jours, la neige ne cessait de tomber. Le manteau blanc que déposait cet hiver très précoce semblait effacer les traces du passé, comme une sorte de purification des âmes meurtries par le poids d'une vie imposée. En observant le paysage, on supposait un froid glacial inhabituel pour cette fin du mois d'Octobre, cicatrisant les blessures de l'âme et du cœur, même les plus viles. L'hiver russe devenait le symbole de la renaissance des hommes, des secondes chances. Un signe pour Julia qui se mit à espérer une seconde chance pour son homme, pour eux.

Ivan embrassa tendrement cette femme au regard enfantin devant ces découvertes, en lui caressant le visage d'une main.

— Notre premier baiser en Russie ma princesse. Merci. Merci de rester avec moi. Merci d'être toi.

Julia fondait toujours sous la douceur de ses gestes, et la tendresse de sa voix quand il lui parlait de la sorte.

En arrivant dans le terminal, l'italienne comprit à quel point Ivan, Marianne et Rudy étaient émus et heureux de revenir chez eux. Tant d'années d'exil les avaient affectés. Elle n'en fut que plus touchée.

— Je reviens.

Ivan partit devant. Dix ans qu'il ne les avait pas vus. Dix longues années d'une séparation forcée qui avait définitivement forgé un caractère impitoyable au jeune homme, qui avait indubitablement laissé des blessures à chacun, des cicatrices indélébiles.

Elle le vit accélérer le pas en direction d'un petit groupe. Une femme et trois hommes. Naturellement, Julia s'arrêta, de même que Marianne et Rudy, laissant l'homme qu'elle aimait tout à son bonheur de serrer sa mère dans ses bras en pleurant de joie. L'étreinte dura un long moment, pour se remémorer l'amour d'une mère, pour tenter de rattraper un temps perdu à jamais. Puis Ivan se tourna vers l'homme le plus âgé : son père. Celui-ci, de même corpulence que son fils, tenta d'essuyer discrètement une larme sur sa joue, et agrippa Ivan par le cou pour le ramener dans ses bras prestement. Julia était touchée de voir le bonheur d'une famille enfin réunie. *Le retour du fils prodigue*, pensa-t-elle. Enfin, Il y eut les accolades avec les deux autres hommes.

Ivan se retourna vers Julia, et suivant son père, revint vers elle.

— Papa, je te présente Julia, moya printsessa.

— Dans mes bras ma fille, puisque maintenant tu fais partie de la famille.

Le père serra l'italienne chaleureusement.

— Sois la bienvenue en Russie. Nous sommes

tellement heureux de revoir notre fils. Et en plus il nous ramène une jolie femme !

— Merci Monsieur Stokowitch. Je suis ravie de vous connaître et de pouvoir vous parler enfin de vive voix.

La mère d'Ivan, Irina, n'arrivait plus à s'arrêter de pleurait. Elle serra très fort aussi la jeune femme, puis Rudy et Marianne. Les deux autres hommes, beaux-frères d'Ivan, souhaitèrent à leur tour la bienvenue à la belle brune, et montrèrent aussi leur bonheur de revoir les amis du couple. Les retrouvailles durèrent plusieurs minutes intenses en émotions. Dix ans, c'est long ! Tout le monde avait la courtoisie de parler en français afin que la nouvelle venue dans la famille ne se sente pas exclue et puisse au plus vite trouver ses repères dans ce pays inconnu, afin de lui faciliter l'épreuve face à l'Organisation. Ivan reprit la main de Julia dans la sienne, fier de montrer aux autres son amour pour elle. Puis le groupe se dirigea vers les voitures ; il restait encore trois heures de route avant d'arriver à Iaroslavl. Le couple monta à l'arrière de la première voiture, avec Stanislas et le patriarche de la famille russe. Les autres montèrent dans la deuxième.

— Elle dort ? demanda Ivan sénior.

— Oui, le voyage l'a épuisée.

Julia s'était blottie dans les bras de son compagnon. Il la serrait contre lui, lui caressant délicatement les cheveux. Il regardait le paysage par la vitre, le cœur léger, serein de retrouver sa patrie.

Tout au long du trajet, les hommes s'entretinrent sur les activités récentes de l'Organisation. Ivan devait très vite en reprendre les rennes, et pour cela, il se devait d'être mis au courant de tout, absolument tout ce qu'il se passait en son sein, tout comme au cœur des cartels rivaux, surtout depuis que la nouvelle de sa relation avec l'italienne s'était répandue comme une traînée de poudre, commençant à susciter une certaine agitation pas forcément des plus amicales.

— Je n'en reviens toujours pas ! s'exclama le père. Elle est là. Je dois te dire fils, que tu as fait fort.

— Je ne l'ai pas cherché.

— I'vitsa Toskany !

— Ne dis rien papa. Elle n'est pas au courant. Je n'ai pas encore pu lui en parler. J'attends de rentrer en

France pour lui dire.

— L'Organisation l'attend de pied ferme en revanche.

— Je m'en doute.

— Elle sait pour notre réseau ?

— Oui. On lui a expliqué avec Rudy.

— Il ne faudra pas tarder à l'amener. Il y a de la mutinerie dans l'air. Et des menaces. Avoir l'appui de l'Italie ne serait pas négligeable.

— Pas tout de suite. Je dois d'abord reprendre le contrôle seul.

— Elle ne va pas passer…

— Elle y arrivera. Tu ne la connais pas papa. Mais elle saura prendre sa place.

— Je l'espère… Tu es heureux avec elle ?

— Tu n'as pas idée à quel point. Elle est tout pour moi.

— On arrive. J'ai fait comme tu me l'as demandé. La garde a été renforcée tout autant que les menaces qui pèsent sur sa tête.

— Les risques sont à ce point ? s'alarma le jeune russe, constatant l'ampleur des mesures de protection prises par la famille.

— Disons que je préfère les prendre très au sérieux. Ce n'est pas le moment d'avoir les italiens sur le dos s'il lui arrivait quoi que ce soit ! On a assez à faire avec nos problèmes sans aller en provoquer d'autres avec les toscans. Je préfère les avoir comme alliés maintenant. Bien que ça ne m'enchante pas !

Deux hommes ouvrirent le portail en bois plein menant à la datcha, magnifique maison bourgeoise améliorée entourée d'arbres blancs de neige, fief de la famille Stokowitch depuis de nombreuses années. Cette grande construction en bois peint d'un bleu nuancé de gris affichait des ornements luxueux. Chaque fenêtre était festonnée d'une dentelle blanche ciselée à même les planches de la façade, tant au rez-de-chaussée qu'à l'étage. La toiture pentue achevait cette architecture avec des finitions similaires en bordure.

Ivan réveilla Julia en douceur. À l'extérieur de la voiture, un brouhaha se faisait entendre. Le couple sortit enfin, et d'autres retrouvailles eurent lieu. Les sœurs d'Ivan se jetèrent dans ses bras, et lui présentèrent ses neveux et nièces qu'il n'avait jamais connus.

En le voyant faire avec les enfants, Julia ne put s'empêcher de penser qu'Ivan ferait un père merveilleux.

Les présentations terminées, toute la famille rentra se réchauffer auprès de la cheminée avec des boissons chaudes. L'ambiance était joyeuse, festive et bruyante. Le plus heureux était un grand gaillard d'un mètre quatre-vingt-cinq, aux cheveux blonds mi- longs, aux yeux bleus, au sourire épanoui entouré d'une barbe bien taillée, et tenant dans ses bras une femme qu'il aimait par-dessus tout. Accueillie à bras ouvert, Julia se sentait bien. Elle souriait, riait même. Elle faisait maintenant partie de cette famille. Dans sa tête, elle apprenait à devenir une Stokowitch, par amour pour Ivan.

8

Après quelques jours passés à se reposer du voyage, à profiter de l'air vivifiant russe et des splendeurs architecturales de la ville, les hommes de la famille commencèrent à s'absenter. Au fil du temps, leurs virées étaient de plus en plus fréquentes, de plus en plus longues. Julia se doutait bien que ces sorties avaient un rapport avec l'Organisation. Elle savait que le jour venu, elle devrait jouer son rôle et soutenir son homme. En attendant, elle s'occupait avec Marianne, Irina, sa belle-mère, Natalia et Linka, ses belles-sœurs. Elle apprenait tant bien que mal à prononcer des mots russes : privet, pozhaluysta, spasibo, do svidaniya ; elle aidait à cuisiner des plats typiques (pierojki, pelmeni, bortsch…) notamment la vatrouchka, gâteau dont elle raffolait. Elle jouait avec le neveu d'Ivan, Sacha, et s'amusait à coiffer les nièces Tatiana et Lena. Elle se sentait bien.

Un soir, rentrant de leur prospection, les hommes se réunirent dans le salon. Ivan vint chercher Julia.

— Il faut que je te parle Julia, avait-il simplement

dit.

Elle l'avait suivi, sans dire un mot, inquiète. Elle avait compris que le moment qu'elle redoutait était arrivé.

Il lui demanda de s'asseoir dans le fauteuil, et s'accroupit en face d'elle, prenant ses mains tremblantes dans les siennes, les serrant pour la tranquilliser. Les autres étaient debout, derrière elle, près de la cheminée où crépitait le feu.

—Ma princesse, tu te rappelles quand avec Rudy, on t'a parlé de l'Organisation ?

— Oui.

Julia prit une grande inspiration pour mieux affronter ce qu'elle allait entendre.

— Et tu te souviens qu'on t'a expliqué qu'il faudrait que tu sois présentée comme mon égale ?

— Oui.

— Bien. Ça se fera demain.

— D'accord.

— Avant il faut que tu saches. La plupart des membres, on les contrôle. Mais il y en a quatre qui nous inquiètent.

Julia fixa Ivan sans bouger, attendant qu'il continue.

— Ils n'acceptent pas que tu intègres le réseau.

— Et ?

— Écoute. On a pris un maximum de précautions pour ta sécurité. Mais il y a de sérieuses menaces sur toi. Je suis désolé.

— Alors ?

— Alors saches que demain, il faut que tu viennes. Mais tu vas voir et entendre des choses que tu hais profondément, je le sais.

— Comme ?

— N'oublies pas qu'ici on est en Russie. Pas en France.

— Oui, et alors ?

— Alors, nous serons tous armés. Moi aussi. C'est comme ça que ça se passe quand on fait partie de la mafia. C'est une obligation. Pour notre propre sécurité.

En entendant ces mots, Julia frissonna. *Pas ça ! Pas lui !* Elle continuait de fixer Ivan, l'implorant du regard.

— Tu m'avais promis Ivan.

— Oui. Et je ferais tout pour tenir ma promesse. Mais je t'avais dit que ce serait long. Il faudra que tu sois patiente. Pour demain, on ne peut pas faire autrement. On a renforcé la garde, on a rappelé tous nos hommes pour te protéger. Et je serais là aussi.

— On sera tous là ! renchérit Boris, pour apaiser l'italienne.

— Mais vous serez tous armés….

— Oui princesse. Pour ta sécurité.

Julia se leva et se posta près du feu. Elle avait froid, très froid. Comment, en si peu de temps, sa vie avait-elle pu basculer ainsi ? Elle qui comprenait doucement que son arrivée en France vingt ans plus tôt n'était pas dérisoire, se retrouvait confrontée à ses démons nocturnes. Il fallait qu'elle réfléchisse, et vite, pour tenter de trouver une solution pour se sortir de là.

— Si ces quatre membres vous inquiètent tant, pourquoi les faire venir alors ?

— Il faut qu'ils t'acceptent tous. Si un seul refuse que tu prennes la place qui te revient, ça risque de créer une révolte au sein même de l'Organisation, expliqua

Boris calmement. Et cette guerre pourrait dégénérée avec d'autres réseaux, notamment avec celui du polonais.

— Et si je refuse de venir demain ?

— Ça sera pareil, Julia. Mais nous serions les premiers visés, les premiers à tomber.

— Et les Stokowitch ne tombent pas ! Le Tigre ne doit pas tomber, s'exclama alors le père. Julia, tu es assez forte pour assumer ce rôle. Et en plus tu n'es pas seule. Nous sommes tous là pour vous soutenir, toi et Ivan. Il faut que tu viennes demain. On a trop attendu. On n'a plus le choix.

— On a toujours le choix… répondit-elle, doucement.

Ivan, qui s'était relevé, s'approcha d'elle et la prit tendrement dans ses bras.

— Je ne peux pas imaginer ce que tu ressens maintenant. Mais je t'en prie, viens. Ne me lâche pas.

— Comment ça va se passer ?

— Mon père, Boris et moi, nous arriverons avant toi pour nous assurer que tout est sous contrôle. Tu nous rejoindras avec Stan et Rudy.

— Où ?

— Dans un ancien entrepôt, de l'autre côté de la ville.

La jeune femme réfléchit un moment.

— D'accord. D'accord, je viendrais demain. Mais Marianne vient avec moi.

— Quoi ? s'insurgea Rudy. Pas question que Marianne vienne !

— Si, elle viendra avec moi Rudy.

— Pourquoi ? Pourquoi veux-tu qu'elle soit là ?

— Elle sera mon interprète. Je ne connais pas le russe.

— Eh bien je ferai l'interprète si tu veux mais je refuse que ma femme vienne.

— Rudy, il faudra une autre présence féminine si je dois m'imposer.

— Tu n'as qu'à demander à Linka, ou Natalia. Mais pas ma femme, Julia ! Pas elle !

— Je suis navrée de devoir te dire ça Rudy, mais Natalia et Linka sont mères. Elles ont la responsabilité de jeunes enfants. Et puis Marianne parle très bien français contrairement aux sœurs d'Ivan.

— Elle a raison Rudy, intervint doucement le

père. Elle a entièrement raison. Tu le sais.

Rudy essayait de se calmer. Oui, elle avait raison. Mais c'était difficile d'accepter pour lui que sa femme soit mise en danger au même titre qu'elle. Pourtant, il se résignât et finit par céder à la volonté de Julia, et à la pression de la famille.

Le lendemain, dans la voiture, Julia se trouvait mal. Elle avait des crampes au ventre, les mains moites, la gorge sèche, l'envie de vomir. Une sensation d'étouffement l'oppressa. Elle ferma les yeux un instant.

Calme-toi. Tout ira bien. Tu sais qui tu es. Foutu murmure qui la harcelait !

— Ça va aller ? lui demanda affectueusement Marianne.

— Non ! répondit-elle, le ton incisif.

Marianne dévisagea son amie. Ses traits étaient incroyablement tirés. Son regard était transformé. Elle ne ressemblait plus à cette innocente jeune femme qu'elle avait rencontrée quelques mois auparavant. Elle devenait une autre femme. Ses yeux étaient devenus plus noirs, accentuant la pâleur de son visage. Ses lèvres s'étaient étrangement affinées. Ses pommettes étaient saillantes rendant l'expression générale de cette physionomie plus impitoyable que jamais. La véritable Julia apparaissait sous les yeux médusés de l'interprète d'un soir.

En quittant la datcha perdue dans la forêt, à l'est de la ville, ils empruntèrent Aviatorov Prospekt, grande avenue semblant interminable, bordant une partie du parc Karpaty qui offrait un spectacle magique avec son manteau neigeux. Ils passèrent sur le pont enjambant une Volga impétueuse sous sa fine couche glacée, et longèrent ce fleuve, roulant à une allure modérée sur Polvshkina Roshcha Ulitsa. Stanislas accéléra lorsqu'ils se retrouvèrent sur la M8, jusqu'à finir leur trajet par une petite route secondaire, les menant ainsi à l'endroit fatidique, dans une zone désertique de toutes activités industrielles. En descendant de la voiture, l'italienne tremblait, semblait chanceler même malgré son port altier. Juste avant d'entrer, elle respira longuement, l'air glacial l'apaisant un peu. Elle attrapa le bras de Stanislas, lui demandant de veiller sur Ivan s'il venait à arriver quoi que ce soit de funeste. Elle avait peur.

Rudy ouvrit la porte en fer de l'entrepôt et entra le premier. Julia le suivit, ses mains gantées emmitouflées dans un manchon de fourrure. Marianne et Stanislas fermaient la marche. Son arrivée avait provoqué un silence soudain et pesant. On n'entendait plus que le bruit de ses talons sur le sol en béton.

Elle avançait à travers l'immense atelier, la tête haute, la démarche lente mais sûre, le regard audacieux. Elle aperçut Ivan à l'autre bout, adossé contre le mur du fond, les bras croisés. Elle rejoignit ainsi un groupe d'une vingtaine d'hommes attablés, fumant un cigare pour certains, avec une bouteille de bière Baltika n°3 à la main pour d'autres. Elle ne put s'empêcher de remarquer les gardes du corps armés et postés un peu partout dans la salle, même sur les passerelles métalliques situées en hauteur, formant un immense quadrillage aérien. Autant de précautions lui faisaient froid dans le dos.

Elle se posta légèrement en retrait, à la gauche d'Ivan, qui s'était rapproché de la tablée sans pour autant s'y asseoir. Après quelques courts instants de ce silence insupportable et de ces regards la dénudant, les discussions animées reprirent.

Marianne traduisait presque tout, sans relâche.

Julia remarqua très vite les quatre rebelles dont

Ivan lui avait parlé. C'étaient effectivement les plus virulents et les plus hostiles à l'intronisation de l'italienne à la tête de l'Organisation, au côté du Tigre.

Tiens bon, continue Julia. Reste forte.

Le ton montait. Seuls les membres assis autour de la table parlaient, ou plutôt s'emportaient. Qui pensait que c'était une bonne chose, qui pensait le contraire... les quatre renégats ne démordaient pas de leur position. L'arrivée d'une étrangère, une femme, au cœur de leur réseau n'apporterait que des problèmes et des conflits. Il était hors de question que des étrangers fassent main basse sur leurs affaires florissantes, impensable de se retrouver à la botte de qui que ce soit d'autre et de devoir partager le moindre rouble avec. La jeune femme se retrouvait fragilisée comme une pauvre bête jetée en pâture aux vautours rassemblés dans cet entrepôt embrumé par l'odeur nauséabonde de fumée et d'alcool. Elle ferma les yeux pour supporter ces mots vindicatifs, cette tension. Elle avait à nouveau six ans. Assise sur les genoux d'un homme robuste dans une pièce très sombre, elle écoutait des voix graves qui parlaient dans un écho rendant la conversation incompréhensible. Un rayon lumineux l'aveugla brusquement. Elle ouvrit les yeux. Encore un de ces cauchemars qui ne cessaient de rythmer ses moments de peur et de doute.

Soudain, en l'espace d'un éclair, Julia vit Ivan dégainer son pistolet Sig Sauer de sa main gauche. Elle n'eut que le temps de lui crier *Non ! Pas ça !* en posant sa main sur son avant-bras. Sans même avoir entendu les raisons de ce geste impulsif, elle s'efforça à sa manière de calmer le jeune russe qui pointait un bonhomme un peu gras assis à l'autre bout de la table. Un des insurgés.

Ivan ne bougea pas, son index appuyé sur la détente, prêt à tirer. Julia tendit sa tête vers Marianne afin que celle-ci lui traduise ce qu'elle n'avait pas eu le temps d'entendre, et lui fournisse ainsi l'explication de ce geste. Et son amie s'exécuta avec une certaine gêne :

— Et tout ça parce qu'il la saute !

Julia ne fut pas choquée par de tels propos. Elle regarda l'homme bedonnant droit sur ses courtes jambes, puis tournant le dos à l'assemblée, murmura à Ivan :

— Laisses-moi régler ça.

— Pas question !

— Ivan, tu m'as promis. Alors ne commences pas

par avoir encore du sang sur tes mains. Je te rappelle que tu en as déjà bien assez comme ça.

— Il t'a manqué de respect. Il doit le payer. Il servira d'exemple. C'est comme ça que ça se règle.

— Pas tant que je suis là. Il ne m'a pas blessée physiquement. Il ne m'a même pas atteinte. Si tu fais ça, je quitte la salle et tu seras désavoué. Tu m'as fait venir pour que je m'impose, alors laisses-moi faire.

— S'il bouge….

— S'il bouge, je voudrais avoir le temps de sortir, même si je sais pertinemment que c'est impossible. Je voudrais ne rien voir et ne rien entendre de tout ça.

Ivan, les sourcils froncés et le regard empli de fureur, acquiesça légèrement de la tête mais ne bougea pas d'un millimètre, tenant toujours le mécréant en joue.

Julia fit signe à Marianne de la suivre. Passant devant Rudy, elle lui demanda doucement à l'oreille :

— Cet homme est marié ?

— Non.

— Une fiancée ? Une petite amie ?

— Non, juste une régulière qu'il paye deux fois par semaine.

— Une... ?

Rudy confirma d'un signe de la tête. Julia se dit que c'était parfait, et lui demanda de la suivre.

Elle jeta un rapide coup d'œil aux hommes de main de la famille postés sur les passerelles, visant aussi celui qui avait eu le malheur de dire la phrase de trop, tout en surveillant le reste du groupe.

Elle avança calmement vers le rebelle, ne ressentant plus aucune peur, sûre d'elle. Elle arriva à la hauteur de cet homme. Il puait la transpiration mélangée à l'odeur ambiante. Julia en eût la nausée.

Elle demanda à Marianne de traduire tout ce qu'elle allait dire avec une voix claire et franche. Elle lui passa le manchon qu'elle venait d'ôter, et commença à parler au renégat sur un ton à la fois ironique et sensuel :

— Vous avez raison, il me saute. Vous n'imaginez pas le plaisir qu'il me donne à chaque fois. Et j'ai dans l'idée que vous êtes incapable d'en donner autant à la catin que vous payez deux fois par semaines pour vous vider les testicules ! Il faut dire qu'un tigre et une lionne ensemble.... Au lit...Ça ne peut être que majestueux, bestial, étincelant ! Un vrai feu d'artifice !

Alors que… une merde telle que vous avec une femme qui écarte les cuisses comme on ouvre un livre, ça ne peut être qu'équivalent à l'électrocardiogramme d'un mort.

Quelques rires étouffés perçaient la tension palpable. Julia enleva soigneusement le gant de sa main droite, mettant ainsi à nu sa chevalière, et posa sa main gauche sur l'épaule du rebelle exerçant ainsi une légère pression pour lui indiquer de se rasseoir.

— Maintenant, on va être un gentil garçon, et on va se calmer.

L'homme se rassit doucement. Julia posa alors sa main dénudée à plat sur la table, mettant ainsi bien en évidence la bague sous les yeux du malotru, et finit par lui dire avec une satisfaction mesurée dans son intonation, jouissant de son attitude dominante, de sa nouvelle autorité :

— Et comme on ne voudrait pas faire bobo à qui que ce soit dans cette pièce, on va gentiment donner son joujou à maman. Et on va s'excuser haut et fort d'avoir osé manquer de respect à une femme.

Le comble de l'humiliation. Une femme venait

de le déshonorer face à ses pairs. Elle venait de l'afficher comme un paria qu'il devenait aux yeux de tous. Julia retourna sa main, attendant l'arme. L'homme ne bougeait pas. Excédée par son comportement, elle se mit à crier, tapant son pied sur le sol, faisant résonner son talon en un écho aigu :

— Maintenant !

L'homme obtempéra ridiculement.

— Parfait.

Doucement elle prit l'arme, et incapable de contrôler ses faits et gestes, se retrouvant dans un état second, elle arma le chien de ce révolver, visa les parties génitales du rebelle et se mit à lui dire tout bas :

— Je t'ai sauvé la mise aujourd'hui. Mais la prochaine fois que tu me manques de respect, à moi ou à qui que ce soit d'autre, je réduis en bouillie ce qui te définit comme soi-disant un homme. Je te mutilerai et le Tigre t'achèvera. Et c'est valable pour quiconque dans cette pièce. Ai-je été assez claire ?

De grosses gouttes de sueurs perlaient sur la tempe du rebelle. Il fit un léger signe nerveux de la tête pour acquiescer. Julia désarma alors le chien de l'arme, et d'une main subitement tremblante, la confia à Rudy. Elle retourna en direction d'Ivan qui n'avait toujours pas bougé. Elle se posta à ses côtés, reprenant automatiquement une posture dominante.

L'intervention de l'italienne avait jeté un voile silencieux et pesant sur l'assemblée. Personne n'osait dire quoi que ce soit, de peur de déclencher à nouveau sa furie. Certains se regardaient, s'interrogeant des yeux pour savoir quelle attitude adopter. D'autres préféraient rester discrets dans leurs faits et gestes, comprenant que rien n'y ferait, la jeune femme devenait elle aussi leur chef au même titre que le fils Stokowitch.

En quelques mots seulement, Julia réussit ce qui semblait irréalisable pour Ivan sénior, et s'imposa. Tous les membres avaient accepté l'inévitable, non sans contrainte. Au sein de l'Organisation russe, une italienne prenait une partie du pouvoir, et devenait par conséquent une rivale supplémentaire à abattre, une ennemie.

Dans la nuit, le polonais reçu un étrange message. Tapi depuis quelques temps dans sa forteresse située dans les faubourgs chics de Poznan, il relut trois fois ces quelques mots pour être sûr de ce qu'il comprenait.

L'italienne a pris le pouvoir à Iaroslavl.

Une italienne ? Quelle italienne ? D'où sort-elle ? Se pourrait-il que ce soit vrai ? Autant de questions que le polonais se posait incessamment en relisant ce message qui ne présageait rien de bon. Il finit par se convaincre que son imbécile d'indic avait dû se tromper, encore une fois. Mais pour en être sûr, rien de tel que de glaner les informations à la source, en Italie. Il décida de mettre à l'épreuve une toute nouvelle recrue d'une quinzaine d'années, un orphelin que ses hommes de mains n'avaient eu aucun mal à enrôler. Demain, Zhoran partirait en Italie pour jouer les espions amateurs pendant quelques semaines et rassurer le Parrain de Pologne à son retour.

9

Au retour, Julia avait refusé de monter dans la même voiture qu'Ivan. Elle se retrouva avec Rudy, Marianne et Stanislas. En partant, elle s'était retournée pour prendre la main de Marianne en guise de réconfort, et dit à Rudy de veiller sur elle ; elle était sous le choc de ce à quoi elle avait assisté.

Le voyage de retour pour rentrer à la datcha semblait interminable pour tout le monde. Le silence régnait dans cette voiture. Personne n'osait parler de ce qu'il s'était passé à l'entrepôt. Plus par respect pour le ressenti de chacun que par envie. Julia se trouvait mal. À plusieurs reprises, elle ouvrit la fenêtre un court instant pour inspirer une bouffée d'air glacial, et apaiser ainsi ses nausées. Elle avait l'impression que sa tête allait exploser, que ses entrailles se nouaient, que ses jambes se paralysaient. Ses vêtements étaient imprégnés des effluves pestilentiels de l'entrepôt. Sa peau avait pris l'odeur de la sueur de cet homme gras et sale qu'elle avait touché, comme si une infection la gangrenait. Elle avait hâte d'arriver.

Dans l'autre voiture, au contraire, seul Ivan restait silencieux. Voir sa belle refuser de monter avec lui et l'ignorer le blessait. Il regrettait d'avoir été obligé de lui infliger un tel supplice ; maintenant, il craignait les conséquences que cela aurait sur sa douce et sur son couple. Quant à son père, il n'arrêtait plus de s'exclamer « *Incroyable !* » Et Boris ne tarissait pas d'éloges sur cette jeune femme qui semblait si innocente et fragile, mais qui pouvait se révéler être une véritable guerrière, à la fois subtile et autoritaire, douce et ferme, sensuelle et incisive.

Sur le chemin du retour, dans les deux véhicules, chacun à sa façon était dubitatif, décontenancé, étonné.

Les femmes du clan Stokowitch attendaient le retour du reste de la famille, près de la cheminée. Elles étaient inquiètes. Jamais une « réunion » de l'Organisation n'avait duré si longtemps. Linka faisait les cent pas, ce qui commençait à agacer sa sœur Natalia. Dans son coin, leur mère chuchotait une prière pour qu'ils reviennent tous sains et saufs.

Les deux voiturent stoppèrent devant l'entrée. Julia n'attendit pas plus longtemps. Elle sortit prestement, courut dans la maison, suivie des regards de tout le monde, et monta rapidement les escaliers en bois pour se réfugier dans sa salle de bain et vomir toute sa colère contre son compagnon et l'Organisation, tout son dégoût d'elle-même et de ce qu'elle avait été capable de faire.

Ivan voulut la suivre, mais Marianne l'en empêcha :

— Elle ne voudra pas que tu la voies comme ça.

Du salon, toute la famille entendait les cris de colère de la belle, tels des rugissements. Ils ne comprenaient rien à ce qu'elle vociférait. La jeune femme parlait dans sa langue maternelle. Mais ils devinaient toute la haine qu'elle était en train d'extirper de son corps.

Ivan était quand même monté, et attendait devant la porte de leur chambre, implorant sa belle de lui ouvrir.

Pour leur laisser un semblant d'intimité, Linka referma les portes du salon, confinant ainsi toute la famille dans une même pièce, et se retourna vivement pour demander ce qu'il se passait.

— Qu'est-ce qu'il y a eu ? Pourquoi Marianne est-elle aussi blanche que la neige ? Et pourquoi Julia est-elle autant en colère ? Ça s'est si mal passé que ça ? questionna la cadette de la famille d'un ton acéré.

— Non. Justement, il n'y a rien eu d'extraordinaire en soi. Une réunion comme une autre. Je m'attendais même à ce qu'elle n'y arrive pas, répondit son mari.

— Ne me dis pas qu'elles sont dans cet état par plaisir !

— Incroyable ! dit alors le père, toujours étonné de ce qu'il avait vu. Elle a été stupéfiante !

— Comment ça ? demanda Natalia.

— Elle a su s'imposer d'une manière…. Incroyable ! Je n'en reviens pas.

— Elle n'était pas elle-même. Ça se voyait, coupa Marianne.

— Mais enfin, vous allez nous dire ce qu'il s'est passé ? s'insurgea Linka.

Boris et Stanislas expliquèrent alors ce qu'ils avaient vu, entendu, le comportement des uns et des autres, l'intervention de Julia.

— Elle aurait dû tirer ! s'exclama Boris. Elle aurait dû suivre les règles et l'abattre.

— Elle n'a pas tremblé une seconde, murmura Rudy, tenant sa femme dans ses bras, le regard dans le vide.

— Raison de plus, elle aurait dû tirer ! Pour l'exemple.

— Tant qu'elle l'a visé, elle n'a pas tremblé une seconde. Mais quand elle m'a passé l'arme, j'ai cru qu'elle allait la faire tomber, continua Rudy.

— C'est ce que je dis. Elle n'était pas elle-même, renchérit Marianne. Vous avez vu son visage ? Il était … différent. Je ne l'avais jamais vue comme ça auparavant.

— Et depuis quand elle sait ? Parce que, vous avez bien entendu comme moi ? Elle a parlé d'elle comme étant la lionne ! s'exclama Stanislas.

— Quoi ? s'étonna Natalia

— Je ne sais pas, répondit le père.

— Ivan nous a toujours dit qu'elle n'était pas au courant. Il nous a menti alors, continua Boris.

— Non, il n'a pas menti. Je ne pense vraiment pas

qu'elle sache, répondit Marianne.

— Mais alors, pourquoi elle a raconté ça ?

— Je ne sais pas, mais vraiment, je ne crois pas qu'elle soit au courant...

— À mon avis, intervint Stanislas, elle sait très bien qui elle est mais elle a bien caché son jeu pour mieux prendre le contrôle de l'Organisation. Elle nous a manipulés. C'est pour ça que l'Organisation a été au courant pour Ivan et elle. Elle a dû balancer.

— Ce n'est pas possible, interrompit Rudy. J'étais là quand elle a vu Ivan pour la première fois, et je peux te jurer qu'elle ne le connaissait pas. Elle n'a pas pu le manipuler.

— Combien la dette ? demanda soudain le père.

— 1500, répondit Rudy.

— En combien de temps ?

— Presque huit mois.

— Ça ne colle pas alors. Si elle avait tout manigancé depuis le début, elle aurait fait en sorte d'avoir une dette plus importante et plus rapide pour être sûre que ce soit Ivan qui s'occupe de son dossier.

— Alors qui a cafté ? redemanda Stanislas.

— Si ce n'est pas elle, c'est forcément le Clan, intervint Boris.

— Pas possible non plus. Le Clan ne l'aurait pas exposée aux russes, répondit le père. Et ils se sont faits discrets depuis ces derniers mois.

— Et on ne sait toujours pas depuis quand elle sait qui elle est ! renchérit Stanislas.

— Elle ne sait pas. (Irina prit la parole calmement.) Il y a surement une autre explication. Si elle avait su, elle ne serait pas malade et autant en colère contre elle-même maintenant.

— Attendez un peu là ! dit Natalia, essayant de réfléchir à toute cette discussion. Si j'ai bien tout compris, Julia est la Lionne mais elle ne le sait pas, et pourtant elle en a parlé ce soir ; elle n'a rien dit sur sa relation avec Ivan à l'Organisation et les italiens non plus ; et pourtant, leur relation arrange tout le monde pour que chacun est un point d'ancrage dans le clan adverse, et puisse mieux contrôler les deux territoires. Et la fuite ne vient pas de chez nous. Je ne sais pas vous, mais je trouve qu'il y a comme un énorme problème là ! Parce que, si ici comme là-bas, il est possible qu'il y ait des traîtres sans qu'on sache qui c'est, et qu'on ne puisse pas régler le problème en temps et en heure, le Tigre va disparaître et nous avec ! On se retrouve sérieusement en danger là ! Il faut en parler à Ivan.

— Mon dieu ! s'exclama Linka, surprenant l'assemblée. J'ai compris ! Mais oui... bien sûr ! Je sais qui a balancé ! Et je crois savoir pourquoi ....

Pendant que les discussions et autres questionnements allaient bon train dans le salon, Julia hurlait sa colère entre deux vomissements. Quand les nausées se calmèrent enfin, elle alla se frotter rudement le corps sous l'eau bouillante de la douche, espérant ainsi laver tout ce qu'il y avait de mauvais en elle, chasser ses cauchemars incessants, vaincre les démons qui lui murmuraient à l'oreille. Elle voulait se purger le corps, en finir avec cette folie.

En sortant de la douche, son regard croisa son reflet dans le miroir. Elle s'attarda sur ce visage qu'elle ne reconnaissait pas. Elle était vieille. Ses cheveux étaient gris. Elle souriait. De la bienveillance émanait de ce faciès ridé. Était-ce le reflet de son âme ? Une vision de sa vie ? Elle ferma les paupières. Elle devint spectatrice de ce qu'elle venait de vivre à l'entrepôt. Elle se vit prendre l'arme dans sa main. Elle en éprouva du plaisir. Elle se sentait puissante, invincible. Elle n'avait pas peur. Au contraire. Elle avait envie d'appuyer sur la gâchette. Elle entendit un bruit sourd. Elle huma l'odeur de poudre, de chair brûlée mélangée au sang chaud. Sa main n'avait pas tremblé. Elle rouvrit brusquement les yeux pour sortir de cet état de transe.

Mon Dieu ! Que suis-je devenue ? Un monstre ?

Derrière la porte de la chambre, la voix implorante d'Ivan la ramena à sa colère. Ivan la priait d'ouvrir. Mais la belle s'y refusa. À cet instant, elle n'éprouvait rien d'autre qu'une profonde aversion pour cet homme. Malgré son physique presque angélique, il ne représentait que l'incarnation de cette géhenne qu'elle voulait fuir, puisqu'il n'y a pas d'anges en enfer.

— Va al diavolo, Ivan ! Non voglio più vederti. Specie di mascalzone, fanfaronne. Ti odio Ivan ! Ti odio veramente !

Ivan essayait de lui parler calmement, doucement, pour obtenir ce qu'il voulait.

— Mon amour, je t'en supplie, ouvre-moi. Tu sais très bien que je ne comprends pas un traitre mot de ce que tu me dis, quand tu parles en italien. S'il te plaît Julia. Ouvre cette porte !

— No. Non voglio più vederti della mia vità. Ni tu, neanché la tua familia. Non aspetto più niente di tu. Ti odio !

— Moya printsessa. Ouvre. S'il te plaît. Il faut qu'on en parle…

— No. Lascia me !

— Bon sang Julia ! Dis-le au moins en français que je comprenne ce que tu me reproches !

L'italienne, une serviette juste enroulée autour de sa poitrine, ouvrit brusquement la porte. Ivan était accoudé au chambranle, la tête posée sur son avant-bras, le regard désespéré de cette situation.

— Je ne veux plus jamais je te voir ! Tu comprends mieux là ? Je te déteste, Ivan. Je te hais !

Elle referma violemment la porte au visage du jeune homme, surpris.

Ne voulant surtout pas courir le risque de voir son couple voler en éclat, il ouvrit doucement et entra dans la chambre, prenant soin de refermer derrière lui. Il s'approcha d'elle et tenta de la prendre dans ses bras. La jeune femme se retourna, et l'assena de coups de poings sur sa poitrine.

— Est-ce qu'au moins tu te rends compte de ce que je viens de vivre par ta faute ? Hein ? Continua-t-elle de hurler, tout en pleurant. Tu te rends compte ? Ce que j'ai fait… c'est horrible ! Horrible de m'avoir fait subir ça. Je suis devenue un monstre par ta faute. J'en ai assez ! C'est plus que je ne peux en supporter. J'exècre ta vie de mafieux Ivan. Va au diable ! Je ne veux plus jamais te voir. Je rentre en France et basta ! Terminé ! Je ne veux plus jamais entendre parler ni de toi, ni de ta famille, ni de ta mafia. Je te déteste. Toi, et tout ce marasme qui t'entoure. Toute cette violence. Je vous hais tous autant que vous êtes.

Ivan la laissa dire comprenant qu'elle devait évacuer tout le stress qu'elle venait de subir. Il comprenait sa colère, sa douleur. Mais plus que tout, il connaissait sa force. Elle s'en remettrait avec le temps. Il l'aiderait à surmonter cette épreuve par amour. Mais aussi par obligation. Il n'y avait aucune alternative possible. Le russe devait désormais finir le travail d'initiation qu'il avait commencé avec Julia. Leur avenir en dépendait. Il la laissa le frapper, lui crier dessus, et attendit le bon moment pour réessayer de la calmer.

Il enleva alors son pull, mettant à nu son torse musclé et légèrement velu, empoigna Julia, et l'obligea à venir contre lui. Il lui prit la main et la posa sur son cœur. Il la serra ainsi contre lui, enfouissant son visage dans le cou de cette femme qu'il aimait tant. Il savait qu'en faisant cela, elle se sentirait rassurée et protégée. C'est ainsi qu'il faisait à chaque fois qu'elle en avait besoin. Il savait qu'elle aimait sentir la chaleur de son corps contre le sien, écouter son cœur qui ne battait que pour elle. C'était sa façon de lui insuffler la force nécessaire pour maîtriser ses peurs, leur façon de se dire qu'ils s'aimaient bien assez pour avancer malgré les obstacles.

Elle continuait à pleurer, à dire des mots qu'elle ne pensait pas. Elle se calmait doucement, blottie dans les bras de celui sans lequel, au fond d'elle-même, elle ne pouvait imaginer le reste de sa vie. Il lui caressait le dos, l'embrassait sur ses cheveux humides, et lui parlait tendrement.

— Je suis désolé, Julia. Je suis tellement désolé. Pardonne-moi. Je t'aime tellement. Tu sais à quel point je suis fou de toi… Chut, calme-toi, princesse…. Je suis là...

Elle ne parlait plus. Elle continuait à sangloter, en écoutant le cœur d'Ivan. Elle fermait les yeux, et s'enivrait de ses paroles délicates, de sa voix grave et douce à la fois, de ses caresses de plus en plus sensuelles.

Le désir de prendre ce corps et de le faire sien devenait trop fort. Ivan, délicatement, fit tomber la serviette laissant découvrir une nudité qui l'excitait encore plus. Il se mit à l'embrasser sur le front, les yeux, les lèvres. Il la prit dans les bras, la posa sur le lit. Il s'allongea sur la jeune femme et sans détour il dirigea son sexe dans l'antre chaud et humide de sa compagne. Il s'appropria sa lionne dans une étreinte voluptueuse, passionnée, ardente. Plus il l'entendait s'épanouir sous ses va-et-vient, ses baisers, plus son plaisir devenait intense. Elle répondait à toutes ses attentes, laissait son désir charnel s'amplifier au rythme des mouvements de cet homme, se dévoilant à la fois féline et douce. Il connaissait les caresses, il savait le rythme qui lui procureraient l'orgasme qu'elle lui réclamait par ses gémissements. Il s'appliquait à les lui offrir jusqu'à sa propre jouissance dans un cri d'extase. Leur symbiose avait quelque chose de majestueux. Le Tigre et la Lionne, couple naturellement improbable… Ils en faisaient une réalité.

Leurs ardeurs durèrent une partie de la nuit. Ils se sentaient libres. Ils avaient oublié la réunion, l'Organisation, la mafia. Le monde qui les entourait n'existait plus. C'était eux. Juste eux.

Ivan ne put attendre plus longtemps pour demander la main de Julia. Spontanément la belle accepta, cherchant à se convaincre que le pire était passé. Cet homme l'aiderait à chasser ses démons, la soutiendrait dans ses moments de faiblesse, la guiderait dans ses doutes. Oui. Le meilleur était à venir, elle en avait la certitude puisqu'elle l'avait vu dans le miroir.

10

Les nuits qui suivirent, les cauchemars hantèrent Julia. Comme des flashes. Elle y voyait des garçons guère plus âgés qu'elle, qui s'amusaient à tirer sur des troncs d'arbres, avec des carabines à plombs de style Winchester ; une maison à la façade rouge ; un chemin blanc et poussiéreux ; elle sentait le vent chaud sur son visage de petite fille, l'odeur de la pluie sur les rochers, les brûlures du soleil sur ses épaules. Elle entendait des rires d'enfants qui couraient dans des vignes, des palabres en italien, des conciliabules venant d'une grande pièce sombre. Elle se voyait debout au bout d'une grande table, entourée de personnes sans visage. Elle se revoyait à l'entrepôt, savourant la peur qui se dessinait sur le visage du rebelle ; elle se voyait appuyer sur la détente… un son sourd… du sang…. Elle se réveillait en sursaut, poussant un hurlement et frottant son annulaire droit qui lui donnait la sensation de se consumer.

Ivan la prenait alors dans ses bras, lui murmurait de se calmer, qu'il était là, que tout allait bien. Mais la sensation de brûlure persistait quotidiennement.

Ivan resta auprès d'elle les jours qui suivirent la réunion. Il savait qu'elle avait besoin de sa présence pour apaiser ses craintes. Il l'aimait physiquement, parfois à plusieurs reprises. Il veillait sur elle quand elle dormait. Petit à petit, il lui réapprenait à sourire, comme on apprend à un enfant ses premiers pas.

Les insomnies avaient repris le jeune homme. Ce qui allait inévitablement arriver dans les semaines, les mois suivants, le tourmentait. Il était en quête de solutions. Il les voulait douces pour ne plus effrayer Julia. Quel paradoxe que de vouloir faire les choses en douceur dans un milieu fait de violence, de conspirations, de vengeances.

Pour ne pas réveiller celle qui allait devenir sa femme, il descendait s'asseoir devant la cheminée, et entretenait l'âtre jusqu'au petit matin, ressassant les conséquences de ce qu'il s'était passé à l'entrepôt, se convainquant un peu plus de la nécessité de tenir sa promesse pour le bien de son couple.

Souvent, Julia le rejoignait avant le lever du jour, alors que tout le monde dormait encore. Elle s'asseyait par terre entre ses jambes en posant sa main sur son cœur. Il comprenait. Et sans dire un mot, il enlevait son pull et prenait sa belle dans ses bras. Ils pouvaient rester assis ainsi durant des heures, appréciant ces rares moments d'oubli et de bonheur.

Quand Irina se levait et les voyait ainsi devant la cheminée, elle refermait discrètement les portes du salon avec un regard et un sourire bienveillant, faisant en sorte qu'ils n'aient pas à partager ce moment d'amour et d'intimité avec le reste de la famille.

— Il est si heureux. Que Dieu les protège.

Puis Ivan recommença à s'absenter de temps en temps, avec Rudy et les hommes de la famille. Pendant ce temps, Linka et Natalia veillait affectueusement sur leur belle-sœur. Julia s'était aperçue qu'à chaque fois, avant de partir, les hommes Stokowitch discutaient dans le salon, en russe. Ils parlaient sûrement de l'Organisation, mettaient au point leur virée imminente. Julia ne demandait jamais rien à Ivan. Elle ne voulait pas savoir.

Une après-midi, alors que les hommes tenaient à nouveau leur petite réunion, Julia se mit à les observer, assise sur la table de la salle à manger face à l'entrée du salon. Elle s'était aperçue que Rudy la fixait, mais elle ne bougea pas.

Marianne s'approcha de son amie.

— Ils vont encore partir.

— Je sais. Qu'est-ce qu'ils disent ?

— Qu'il faudrait que tu ailles avec eux. Que ça renforcerait ta position dans l'Organisation.

— Ah ! ... Et Ivan ? Il en dit quoi ?

— Que c'est trop tôt. Que tu n'es pas encore assez forte.

— Il n'a pas tort.

— Écoute Julia. Rudy et moi, on en a parlé. Il m'a expliqué certaines choses que je ne savais pas. Et je dois t'avouer…. Je pense que tu devrais y aller.

— Je sais. J'y ai pensé aussi. Mais c'est trop difficile encore.

— Oui c'est dur, c'est vrai. Ce qu'il s'est passé à l'entrepôt, j'ai moi-même du mal à m'en remettre. Mais tu dois le faire. Pour Ivan. Pour vous… Pour nous tous.

— Pourquoi Rudy me regarde comme ça ?

— Pour te dire à sa façon que tu es prête. Que tu

ne risques rien. Que tu peux, tu dois aller avec eux, aujourd'hui. C'est juste une épreuve de plus à passer. Tout ira bien.

— Je vois...

Julia réfléchissait. Elle avait beau comprendre qu'elle devait partir avec eux, elle n'arrivait pas à se décider. La peur de revivre ses angoisses l'empêchait de croire qu'il fallait y aller pour le bien de tous, et surtout de l'Organisation.

— Il m'avait promis, dit-elle en se mettant debout. Et voilà à quoi j'en suis réduite. À devoir faire ce que je déteste et fréquenter un monde que je hais. Me voilà à la botte de la mafia russe. C'est affreux.

En mettant son long manteau noir en laine, elle se retourna vers Marianne.

— J'y vais. Mais tu viens avec moi.

Son amie avait, quant à elle, déjà revêtu son blouson en cuir. Elle esquissa un sourire.

— Oui, je sais. Pour te servir d'interprète.

Elles se sourirent mutuellement, et Julia entra dans le salon. Elle vit le regard approbateur de Rudy ; il la confortait dans son choix.

—Je peux venir avec vous aujourd'hui ? lança-t-elle simplement, à la grande surprise du reste de l'assemblée.

— A la bonne heure, s'exclama Boris en souriant. On n'attendait plus que toi !

— Tu es sûre que tu t'en sens capable Julia ? C'est peut-être encore un peu tôt pour toi, non ?

— Plus j'attendrais, plus difficile ce sera. Et puis je n'aime pas te savoir loin de moi. J'ai peur que tu ne me reviennes pas. Et puis… il faut que je le fasse pour finir de m'imposer, non ? Pour garantir ta place de leader…. Ta protection. Et notre sécurité à tous.

— Et tu sais à quel point je suis fou de toi, princesse ? Lui murmura alors Ivan en la prenant contre lui pour la remercier de sa décision.

— Je crois que oui.

Assis à l'arrière de la voiture, Ivan prit la main de sa belle. Il lui passa à nouveau la chevalière.

— Tu te rappelles Julia ? Pour te protéger.

— Oui, je sais.

— Et souviens-toi aussi de trois choses. La

première : n'oublies jamais qui tu as été, d'où tu viens, et qui tu es aujourd'hui. Ça te servira.

Ce qui me servirait, ce serait de pouvoir y répondre!

Ces questions relevaient du paradoxe pour l'italienne qui étaient en quête de réponses à ce sujet depuis un long moment. Des incohérences et des incertitudes la taraudaient. Ces impressions de « déjà vu », ces sentiments de « déjà vécu », pesaient chaque jour sur des doutes qui s'amplifiaient. Pourquoi ses parents avaient-ils quitté l'Italie ? Pourquoi n'a-t-elle jamais pu y retourner depuis ses six ans ? C'est quoi cette maison rouge ? Sans y penser plus longtemps, elle continua d'écouter celui qui devenait son mentor.

— Ok ! La deuxième ?

— Regarde ce que tu vois, et observe ce que tu ne dois pas voir. Ça te protègera.

— D'accord. Et la troisième ?

— La troisième… n'oublie jamais, jamais, à quel point je t'aime mon amour ! Ça t'aidera.

— Si tu me lâches….

— Jamais je ne te lâcherai. Jamais.

Sciemment, le russe inculquait à la jeune femme les bases fondamentales d'un statut qu'elle aurait un jour par obligation. Ces mêmes règles que son propre père lui avait enseignées, et qui lui avaient permis de rester debout quoi qu'il arrive. Aujourd'hui, c'était à son tour de transmettre son savoir à sa belle même si parfois, il le faisait à contre-cœur.

Les voitures se garèrent le long d'un trottoir déblayé de la neige qui était à nouveau tombée ces derniers jours. L'air était froid et sec. La rue paraissait déserte, comme morte.

Ivan, son père et Boris descendirent les premiers. Julia prit de grandes inspirations pour calmer la douleur à l'estomac qui se pointait de manière insidieuse. La peur revenait à grands pas. Rudy lui ouvrit la portière, Julia descendit à son tour.

Ivan se retourna vers elle ; la voyant rester en retrait, tendrement, il lui tendit la main :

— Non Julia. Avec moi.

Elle lui offrit sa main sur laquelle il déposa un doux baiser, et l'embrassa sur le front.

— On y va ?

— On y va. Répondit-elle, essayant d'avoir une voix sûre.

Lorsque la troupe arriva devant la porte de ce qui semblait être un magasin fermé depuis des années, Ivan rappela à sa compagne les trois règles dont il lui avait parlé dans la voiture, et lui serra la main un peu plus fort pour lui donner le courage nécessaire d'affronter ses craintes.

En entrant, l'odeur de cigarettes de contrebande, de cigares de mauvaise qualité et d'alcool fort qui émanait de cette pièce plus grande qu'il n'y paraissait, souleva le cœur de la belle italienne, lui infligeant le souvenir pénible de son arrivée dans l'entrepôt.

— Mon Dieu ! Ils n'aèrent donc jamais ici ? s'exclama-t-elle discrètement.

— Malheureusement non ! lui répondit Ivan. Regarde, observe, et tu comprendras pourquoi.

Le groupe avançait tranquillement, regardant à droite, à gauche, s'arrêtant parfois à des tables de jeux auxquelles des hommes se prenaient pour des rusés professionnels muets, ou des bluffeurs avertis parlant un peu trop fort. Personne ne faisait attention à eux, trop concentré à perdre leur salaire, à vendre leur âme au diable. Julia repensa à sa petite débâcle dans cette salle exigüe de Marseille. Celle qui lui avait permis de rencontrer Ivan, de passer de cliente à tenancière. Une ascension dont elle se serait volontiers passée s'il n'y avait pas eu ce beau russe au regard protecteur et au sourire rassurant.

Après avoir enfin traversé ce nuage malsain et cette odeur nauséabonde, ils arrivèrent au fond de la pièce et passèrent une autre porte. Une autre salle. Plus petite. Trois tables seulement. Les tables de jeux des gros bonnets, des nantis. Ils traversèrent plus rapidement la pièce. Il fallait laisser à ces baleines cette douce impression de supériorité hiérarchique qui les désinhibait et les aidait à perdre davantage à chaque partie. Ne pas les perturber dans leur simulacre de victoire potentielle, passer inaperçu, telles étaient les règles fondamentales de ces salles-là. Ils entrèrent enfin dans un bureau étroit, laissant deux hommes de mains garder l'accès fermé le temps de leur visite.

Pietrowski se leva de sa chaise d'un bond lorsque les intrus firent irruption dans la pièce, sans frapper. Le regard de Julia se glaça lorsqu'elle reconnut l'un des insurgés de l'entrepôt. Celui-ci tenta de dissimuler son effroi de voir le Tigre et la Lionne en face de lui, entourés par le reste de la famille Stokowitch.

Boris et Ivan sénior entamèrent la discussion, après avoir fait main basse sur un carnet noir, le livre de la comptabilité clandestine. Marianne traduisait. Il était question des comptes de la grande salle, de l'augmentation du droit d'accès aux tables des baleines, de l'approvisionnement en alcool qui devenait de plus en plus difficile. Ivan, sans lâcher la main de sa belle, écoutait, l'air grave, soucieux. Il ne bougeait pas. Il ne parlait pas. Julia l'imita. Une forme de négociation s'était mise en place entre Boris et Stanislas d'un côté, et Pietrowski de l'autre. Parfois le ton montait un peu, mais dans sa globalité, la discussion restait calme. Pour trancher, tous les regards se tournèrent vers Ivan. Il fixa un instant le rebelle d'un air sévère, puis se tourna vers la jeune femme.

— Il est temps que tu apprennes, Julia. Tu ferais quoi toi ?

— Je ne sais pas, Ivan. Je n'y comprends rien.

Répondit la belle sans baisser les yeux devant Pietrowski.

— Réfléchis. Si tu devais prendre une décision, tu ferais quoi ?

— Mais Ivan, c'est à toi de décider ! Pas à moi.

— Moi, je sais ce que je dois faire. Je veux juste que tu apprennes et que tu saches. Ça te servira un jour. Crois-moi.

— D'accord…. Je pense que… Je pense qu'augmenter les droits d'accès aux tables de la petite salle est une mauvaise idée.

— Pourquoi ?

— Parce qu'il faut garder l'appui des plus riches.

— Pourquoi ?

— Parce qu'il y a des conseillers municipaux, et autres représentants de l'autorité qui viennent jouer ici. Si tu augmentes le droit d'accès aux tables, ils pourraient ne plus fermer les yeux sur toute ton Organisation, répondit-elle sèchement plongeant son regard noir dans les yeux bleus d'Ivan.

— Exactement. Tu as tout compris. Tu viens de prendre ta première décision comme étant mon égale.

Félicitations !

— Pff tu parles ! Je déteste ça. Et toi ? Tu avais décidé quoi ?

— La même chose.

Ivan acheva la négociation en faisant part de sa décision commune avec la Lionne, expliquant aussi que pour les problèmes de livraisons d'alcool, tout avait été réglé deux jours auparavant, et que le contrôle des comptes et les encaissements seraient plus nombreux, plus réguliers.

En sortant de ce magasin de façade, Julia inspira longuement pour purifier ses poumons de cette puanteur qui venait de s'y accumuler. Elle ne dit rien sur ce qui s'était passé dans le bureau, sachant pertinemment qu'Ivan la faisait participer pour le bien de son réseau.

Ils firent de même dans les deux autres tripots de deux autres rebelles. Décidément, c'était la tournée des grands ducs pour la belle ! Mais elle continuait tant bien que mal à jouer son rôle auprès de l'homme qu'elle aimait, se prétextant à chaque fois une bonne raison de le faire, d'avancer.

Sois patiente. Un jour, il faudra bien que ça

s'arrête.

Arrivés au dernier endroit qu'ils devaient contrôler, Ivan prit le temps de rester un peu dehors avec Julia, Marianne, son père et deux gardes du corps. Il avait envoyé Rudy et ses beaux-frères faire les vérifications d'usage, jauger l'état d'esprit du renégat et si nécessaire, user d'une petite pression physique pour sécuriser le terrain.

Rudy revint en courant quelques instants après. Le regard légèrement affolé, il parla en russe.

— Tu restes là ! dit sèchement Ivan à Julia. Tu ne bouges pas. Quoi qu'il arrive, tu ne bouges surtout pas. Tu restes avec Marianne.

Il intima l'ordre aux gardes du corps de protéger les deux jeunes femmes, et courut dans la ruelle. Julia les regarda entrer par une porte noire qui grinçait légèrement.

En toute logique, Julia avait compris qu'ils étaient devant la salle clandestine du dernier rebelle, celui qu'elle avait bien failli mutiler à la réunion. L'attente de voir revenir les hommes étant trop longue à son goût, la jeune italienne dont la curiosité était piquée au vif, décida d'aller voir ce qu'il se passait derrière cette porte noire. Marianne n'arriva pas à l'empêcher de partir, ni même les deux balèzes qui servaient de gardes.

Julia ouvrit doucement la porte en fer. Elle eut juste le temps d'apercevoir un corps pendu en poussant un cri d'horreur, qu'elle sentit des bras enfouir son visage contre un torse musclé et rassurant, celui d'Ivan. Il la serrait fort contre lui, essayant de lui cacher cette vision macabre. Bolianov, le dernier renégat, avait été émasculé puis pendu. Réplique exacte de la menace proférée par la Lionne lors de son intronisation.

Dans ce bureau, les hommes parlaient en russe sans bouger. Ivan, gardant le visage de sa belle en larmes caché contre sa poitrine, finit par prendre ses décisions.

— Récupérez tout ce qui peut nous relier à Bolianov. Tout ce qui compromet l'Organisation. Virez les joueurs. On ferme la salle tout de suite. Définitivement.

— Et pour lui ? Demanda Boris.

— On le laisse là. Sa régulière le trouvera. Elle donnera l'alerte. En attendant, il faut qu'on efface tout et qu'on dégage de là.

— Qui a fait ça ? Demanda le père.

— Je ne sais pas, répondit Ivan. Mais il faut redoubler de vigilance. Il faut la mettre à l'abri.

Dans sa tête, Ivan ne pût s'empêcher de se dire *bien joué !*

11

Décembre était déjà bien entamé. L'hiver glacial s'amplifiait au fil des jours qui s'écoulaient. A la datcha, il avait fallu à nouveau prendre le temps de rassurer Julia, de lui expliquer aussi bien que possible la nécessité impitoyable de certaines décisions, lot quotidien du Milieu. Ivan et son ami s'y étaient employés avec patience, cherchant à faire resurgir un passé encore obscur pour la jeune femme. Le temps pressait, mais brusquer les évènements ne servirait à rien tant qu'elle ne serait pas prête. Le jeune homme décida que le moment était venu de retourner en France pour achever l'enseignement des rouages et autres malversations du système mafieux.

Dans l'après-midi, Il rejoignit sa belle qui se reposait dans leur chambre.

— Moya printsessa, on va rentrer chez nous, à la Bastide.

— C'est vrai ? Quand ?

— Oui c'est vrai. On part dans deux jours.

Julia se leva d'un bond et sauta au cou de cet homme grand, fort, beau, doux, tendre, amoureux. Enfin ! Enfin ils allaient retourner en France, dans leur maison qui lui manquait tant. Presque deux mois qu'ils étaient arrivés ici. Trop de choses douloureuses s'y étaient passées. Elle avait ce besoin vital de s'éloigner de cet endroit. Pour oublier et redevenir elle-même. Cela faisait un moment qu'elle y songeait, mais elle n'osait pas en parler à Ivan, ne voulant pas le priver du plaisir qu'il pouvait avoir à être avec sa famille, dans son pays. Car elle aussi souffrait du manque de ses parents.

Au fond, lui aussi avait hâte de rentrer en France. Il avait envie de se retrouver seul avec celle qu'il aimait, dans leur maison. Il voulait commencer à construire leur nouvelle vie ensemble, loin de tout ce qu'elle avait pu voir ou entendre. Même s'il était bien à Iaroslavl, il savait qu'il ne serait pleinement heureux qu'à Aix, avec elle. Il voulait maintenant fonder sa propre famille, et commencer à développer des affaires commerciales légales. Il avait besoin d'assainir sa vie, de rentrer dans le droit chemin par amour pour sa belle italienne.

Dans l'intimité de leur chambre, il glissa la main

dans sa poche et en sortit un anneau en or blanc. Dessus, un ornement représentant le signe de l'infini, serti de diamants. Il passa la bague à l'annulaire gauche de sa belle.

— Maintenant, c'est officiel Julia. Tu vas réellement devenir ma femme.

— Elle est splendide.

— À l'image de notre amour un peu hors normes, j'ai voulu t'offrir une bague qui te rappellera chaque jour l'amour que j'ai pour toi. Et tu sais comme je suis fou de toi ! Même l'infini n'est pas assez grand en comparaison de l'immensité de mes sentiments pour toi, moya printsessa. Tu n'es pas déçue j'espère ?

— Elle est magnifique, Ivan. Peu importe la bague, l'essentiel, c'est nous…

Ils descendirent main dans la main rejoindre toute la famille réunie dans le salon. Le feu, comme chaque jour, crépitait dans l'âtre. Une douce ambiance régnait. Tout le monde était serein, à oublier le temps d'un après-midi les atrocités de leur quotidien au sein de l'Organisation. La chaleur de la pièce avait un pouvoir réconfortant pour chacun. À l'arrivée du couple, instinctivement, tout le monde le regarda.

— On rentre en France après-demain, annonça Ivan, un immense sourire aux lèvres trahissant un peu la suite. Et j'ai demandé à Julia de m'épouser ; elle a dit oui ! On va se marier chez nous, à Aix.

Entre les cris de joies de certaines, les soupirs de soulagement, les félicitations de rigueurs, Julia et Ivan ne savaient plus trop où donner de la tête. L'ambiance était euphorique, chaque membre de la famille voulant apporter son anecdote sur le couple, sur leur propre histoire, sur leurs attentes, sur l'avenir des tourtereaux. Tout le monde parlait, riait, trinquait au champagne ou au kvas pour fêter la bonne nouvelle. Les plus heureux à ce moment-là, étaient certainement Marianne et Rudy. Ils seraient les témoins privilégiés d'une renaissance.

Rudy se rapprocha d'Ivan, et le prit dans ses bras pour le féliciter encore une fois.

— Merci mon frère, lui dit alors Ivan. Merci de l'avoir mise sur mon chemin.

— Je n'ai rien fait, répondit son ami avec un clin d'œil. C'est simplement une histoire qui devient une réalité. En revanche c'est toi qui as fait fort ! Tu as réussi à la séduire. Je me demande encore comment tu t'y es pris.

— C'est elle qui m'a apprivoisé, répondit Ivan, ne lâchant pas Julia du regard. Elle nous a tous apprivoisé. Elle est extraordinaire.

— Elle est parfois étonnante en effet. Elle ne sait toujours pas ?

— Non, je n'en ai pas l'impression. Et c'est mieux comme ça. Je veux qu'elle sache que je l'aime comme elle est, pas pour ce qu'elle est.

— Ivan, mon frère, tu te rends bien compte que ta vie va changer radicalement en l'épousant. J'espère que tu sais ce que tu fais.

— Je n'ai jamais été aussi sûr de moi, Rudy. Je suis prêt. On y arrivera. Je tiendrai mes promesses, sois-en certain. On quittera cet enfer un jour.

Trois jours après, au petit matin, les deux couples débarquaient à l'aéroport de Marignane. Ils ne prirent pas le temps d'aller poser leurs affaires à la Bastide. Les deux 4x4 noirs roulaient en direction du gîte des Oliviers. Julia et Ivan étaient pressés d'annoncer leurs fiançailles aux parents de la belle.

Depuis le début de leur histoire, les deux jeunes gens avaient malgré eux, pris l'habitude de rendre visite régulièrement à la famille Del'Angelo. Julia voulait garder ce lien important à ses yeux, le seul qui lui permettrait de lever le voile sur son passé. Ivan voulait continuer à s'imposer face à la famille qui redoutait sa liaison avec la jeune femme, mais qui avait fini par en prendre son parti. Garder un œil sur Julia était le meilleur moyen de lui rappeler qui elle était le moment voulu, puisque c'était à Ivan que revenait le difficile labeur de la préparer à son destin.

En arrivant, les quatre jeunes gens admirent que le temps était bien plus clément ici. Cette garrigue sauvage, cette odeur d'aromates divers, et ce soleil étincelant malgré le froid hivernal, leur avaient bien manqué. Julia apprécia les couleurs réconfortantes de sa Provence malgré la rudesse de la saison. Pas de neige. Juste quelques nuances de vert, parsemées de touches légèrement ocres. Un paysage d'une beauté dont elle ne se lassait pas.

Monica courut vers sa fille, trop heureuse de

pouvoir l'embrasser à nouveau après une si longue absence. Alvaro ne feignit pas son soulagement en serrant la main d'Ivan de voir revenir sa fille indemne de son périple russe. Les retrouvailles durèrent un instant, et tous rentrèrent se mettre au chaud pour boire un bon café.

Julia n'y tenait plus. Elle était impatiente. Elle ne savait pas comment l'annoncer. Elle regarda à plusieurs reprises Ivan qui lui répondait par un sourire taquin, semblant signifier débrouilles-*toi* ! Les conversations allaient bon train sur tout et rien, sur des banalités.

— Ivan et moi, on va se marier ! s'exclama soudain la belle.

— Quoi ? interrogea Monica très surprise.

— Ivan m'a demandée en mariage là-bas, à Iaroslavl, et j'ai dit oui ! Maman, je vais me marier ! Exulta Julia, ne cachant plus sa joie.

Les félicitations furent cordiales de la part des parents de l'italienne. Mais Alvaro ne put s'empêcher de murmurer à l'oreille d'Ivan, en le félicitant :

— Vous êtes sûr d'être prêt à assumer les conséquences d'une telle union ? Vous imaginez bien ce qu'il va se passer quand son secret sera dévoilé. Serez-vous capable de tout gérer ? De la protéger ?

— Plus que jamais, Alvaro.

— Bien. Alors bienvenu dans la famille Ivan.

— Merci, répondit le jeune homme avec un grand sourire.

Même s'ils avaient bien conscience que tout allait très vite entre eux, les nouveaux fiancés refusaient pertinemment de sortir de leur félicité. Ils se sentaient invulnérables, hors d'atteinte. Ils restaient dans leur bulle d'extase, défiant quiconque tenterait de se mettre en travers de leur chemin. Peu importe ce qu'en penserait le Clan ou l'Organisation, personne n'empêcherait Ivan d'épouser sa belle, Sa lionne. Les italiens devraient désormais compter avec les russes, avec le Tigre.

Quelques jours plus tard, un sms était envoyé sur un portable à l'étranger.

L'ère des grands changements commence. J'ai fait ma part. Je tiendrai ma parole. Faites-en autant.

À Poznan, le polonais était enfin sorti de sa retraite confortable pour se rendre dans l'une de ses salles les plus prospères. Son quartier général.

Assis sur le bord de son bureau, il détaillait ce petit jeune encore maigrichon se tenant debout devant lui, la tête baissée en signe de respect.

— Tu as fait du beau travail avec ce Bolianov. Je suis satisfait. Dommage que tu n'aies pas réussi à en savoir plus en Italie.

— Tous se sont accordés à dire ce que je vous ai transmis, Parrain.

— Bien. Nous allons attendre quelques temps. Je suis sûr que les Toscans vont se révolter si tout s'avère être véridique. Ce dont je doute fortement. En attendant, va avec mes hommes. Si j'ai besoin de toi, je te le ferai savoir.

Zhoran sortit du bureau soulagé. Il avait réussi sa première grande mission. Il était un homme.

Depuis l'annonce de ce mariage, Alvaro était préoccupé. Sa fille prenait en partie le contrôle d'une famille influente en Russie, ce qui serait une bonne chose pour les affaires du Clan si tant est que les desseins des russes restent appropriés. Mais l'intrusion du Tigre au sein des affaires familiales italiennes sera un frein à l'expansion du réseau toscan, et compromettra sa propre place. Qui plus est, il n'avait qu'une confiance minime dans les véritables intentions d'Ivan. Il gardait cette infime conviction que le jeune homme était avide de s'emparer d'un héritage puissant au détriment de Julia. Cette union entre les deux familles rivales n'augurait rien de bénéfique ; des décisions s'imposaient, à commencer par continuer à voiler la vérité à Julia, et garder le secret vis-à-vis du reste du monde. Il était temps d'avertir son frère en Italie.

— Jamais ! Tu entends ? Jamais le Clan ne tolèrera que le russe se mêle de ses transactions !

Giacomo était furieux.

— Arrête de hurler et écoute moi ! Elle gère l'Organisation tout autant que le Tigre. Ce matin, j'ai eu une conversation des plus intéressantes avec lui… Il m'a raconté. Il m'a dit comment elle avait su se légitimer seule sous les yeux de tous les membres. Elle est sur la bonne voie. Ce mariage… c'est lui faire croire qu'il en sera de même pour lui en Italie. Mais je veillerais à ce que ça n'arrive pas. Ce n'est pas compliqué.

— Quand elle prendra sa place, tu ne pourras plus rien y faire ; tu t'en rends bien compte j'espère.

— Oui Giacomo. Mais je serai toujours dans le Clan, et je veillerai.

— Son retour, ça ils y sont préparés. Mais le russe….

— On gérera.

— Le Tigre quand même ! Et à la tête du Clan !

— Oui je sais.

— Tu te rappelles qu'elle était promise à Gianni, le fils d'Umberto. Autant te dire que déjà, il n'a pas très bien pris la nouvelle de leur liaison, mais là...

— Il faut le calmer. Un mariage peut ne pas durer après tout ! Quand elle réalisera qui elle est, elle fera le nécessaire….

— Ou pas !

— On verra en temps et en heure Giacomo. Pour le moment, on continue ce qu'on a commencé… Tu prépares le terrain. S'il le faut, on négociera avec les russes. Et surtout, calme Gianni et son père. Je n'ai vraiment pas envie de l'avoir dans les jambes celui-là !

— Si, si. Je le ferai.

Giacomo raccrocha. Pris entre deux feux, il commençait à ne plus savoir comment agir.

— S'il savait… Que Dieu me pardonne ! Mais j'essaie de faire au mieux… Pour le Clan... Pour la Lionne... se dit-il, cherchant des excuses pour se rassurer.

Deuxième partie :

« La leonessa si revelerà »

12

A la Bastide, les préparatifs du mariage créaient une effervescence que la maison n'avait pas connue depuis bien trop longtemps. Ce qui permit à Julia d'oublier les horreurs qu'elle avait vécu en Russie. Elle était fatiguée, mais avec l'aide de Marianne, elle fignolait les moindres détails, sous les yeux attendris de l'homme qu'elle allait épouser.

Ils savaient qu'ils devraient en passer par des traditions parfois trop rétrogrades mais nécessaires, pour que le 26 Février, jour J, tout se passe pour le mieux. Par respect pour chacune des familles, les futurs mariés avaient décidé qu'il y aurait deux cérémonies religieuses. L'une orthodoxe, l'autre catholique. Mais elles seraient brèves. Ni l'un ni l'autre ne souhaitait se convertir, pensant que leur bonheur ne dépendait pas d'une religion, mais uniquement de l'amour qu'ils se vouaient l'un pour l'autre.

Marianne et Rudy prenaient leur rôle de témoins très au sérieux. Ils aidaient dans les préparatifs, comme les amis fidèles qu'ils étaient. Ils étaient le lien entre la famille en Russie, les parents de Julia, et le jeune couple. De temps en temps, Rudy demandait à Ivan s'il ne regrettait rien. Et Ivan n'hésitait jamais à lui répondre que ce mariage serait la meilleure chose qu'il pourrait lui arriver, même si tout était allé très vite. Alors non, il ne regrettait rien, bien au contraire. Il l'aimait comme cela n'était pas permis, comme la première fois où il l'avait vue sur le parking, la première fois qu'il l'avait embrassée sous le vieux chêne, la première fois qu'ils avaient fait l'amour à la Bastide. Il ne cessait de remercier Rudy de lui avoir fait rencontrer sa princesse, de lui avoir permis d'être enfin heureux.

Les semaines passaient. Ivan se réveilla le jeudi matin. Il faisait encore nuit. Ne trouvant pas sa fiancée dans le lit à ses côtés, il se leva, descendit, la chercha dans la maison. Elle était assise sur le perron de la maison, fumant une cigarette. Cela faisait si longtemps qu'elle n'en avait pas allumé une qu'elle toussait à chaque fois qu'elle inspirait une bouffée de nicotine. Ivan la rejoignit, inquiet.

— Rentre princesse, tu vas attraper froid !

Elle jeta la cigarette, mais ne bougea pas.

— Viens Julia, on rentre.

Il la prit dans ses bras pour l'aider à se relever. Julia se dirigea au salon, devant la cheminée.

— Qu'est-ce qu'il y a Julia ? Ça ne va pas ? Ce sont tes cauchemars, c'est ça ?

— Non. Pas de cauchemars. Au contraire…

— Quoi alors ? Tu stresses pour samedi ? Ne t'inquiète pas, tout va bien se passer.

— Non, ce n'est pas ça.

— Alors quoi ?

— Depuis quand tu sais ?

— Que je sais quoi ?

— Je te demande depuis quand sais-tu qui je suis ?

— De quoi tu parles princesse ? Je ne comprends rien.

— Et arrête de m'appeler princesse Ivan ! Ne me mens plus. Depuis quand sais-tu que je suis la Lionne de Toscane ?

— Depuis quelques jours après notre rencontre, répondit Ivan, tout autant désespéré que surpris.

— Tout ce temps… et tu ne m'as jamais rien dit ! Comment tu l'as su ?

— Mon père me l'a dit.

— Ah je vois ! Tout le monde sait… sauf moi ! (Elle se mit à applaudir au nez d'Ivan). Je comprends tout maintenant, Monsieur Stokowitch ! Bravo, je vous félicite, vous avez très bien mené votre jeu, Monsieur Stokowitch. Faire en sorte que je tombe dans vos bras, et dans votre lit… tout ça pour avoir la Toscane ! Pas de bol, Monsieur Stokowitch ! Maintenant que j'ai compris qui je suis, vous ne l'aurez plus.

— Mais tu délires ou quoi ? Ne me dis pas que tu penses sincèrement ce que tu dis là !

— Et tu veux que j'en pense quoi ?

— Viens, suis-moi !

Il saisit rudement Julia par le bras, et l'entraîna de force dans le bureau. Il ouvrit un tiroir, en sortit un cadre et un dossier.

— Tu veux tout savoir ? Je vais tout te dire ! Je suis tombé amoureux de toi en une fraction de seconde quand j'ai vu cette photo. C'était deux jours avant que je te rencontre. Tu avais une petite dette, mais Rudy voulait que ce soit moi qui m'occupe de ton dossier. Il ne savait pas non plus qui tu étais. Avec le recul, j'ai fini par me convaincre que c'était écrit. On n'avait pas le choix, toi et moi. On devait se rencontrer. Comme une évidence… Tu te souviens notre première ballade le soir, au bosquet ?

— Oui.

— Tu ne peux pas imaginer à quel point ça a été difficile pour moi de ne pas pouvoir te prendre dans mes bras. Tu m'obsédais. Quelques jours après m'être installé au gîte, j'ai appelé mon père pour lui dire que j'avais trouvé la femme de ma vie. Quand je lui ai dit ton nom, c'est là qu'il m'a tout expliqué. Le Clan toscan, la prophétie, toi… Il ne voulait plus que je te voie. Il ne voulait pas de l'italienne dans l'Organisation. Et pour la première fois Julia, je lui ai dit non. Et je suis resté. Jusqu'au jour où ton père m'a attrapé.

— Vous discutiez dehors….

— Oui. Il me disait de partir, que tu méritais mieux que moi. Il savait que j'étais le Tigre, et il savait pour l'Organisation aussi. Il m'a dit que je te mettais en danger si je persistais à te voir. J'ai négocié mon départ.

Je te parlais avant de partir et c'était à toi de décider quoi faire.

— Elle décidera….

— Oui mon amour, je voulais que tu aies le choix de ton avenir. Et on s'est embrassé. J'étais tellement heureux à ce moment-là…

— Et tu es parti.

— Oui. Je suis parti...Je t'ai entendu hurler ! Ça m'a brisé le cœur… Mais j'ai voulu respecter ma parole. Pendant les deux semaines sans te voir, j'étais devenu une loque. Je noyais mon chagrin dans la vodka. Et toi qui ne répondais à aucun de mes messages ! C'est Marianne qui m'a dit que tu devais partir en Italie définitivement. J'ai eu peur. J'ai compris que si tu partais, je te perdais. Je ne supportais pas cette idée… Tu me manquais trop. Je n'y arrivais plus sans toi…. J'avais besoin de toi. Et j'ai appelé mon père pour lui dire que ce serait toi, et uniquement toi...

— Et tu es revenu…

— Oui. Je suis revenu sans savoir si tu m'accepterais ou pas. Et là…. Tu m'as fait vivre l'un des plus beaux moments de ma vie.

— Mais ta famille ?

— Ils ont compris. Par obligation certainement, puisque je leur ai imposé mon choix. Ils m'ont dit de suivre mon cœur. C'est pour ça que je suis revenu. J'ai suivi mon cœur, princesse.

— Et l'Organisation ?

— Quand je suis venu te chercher, j'ai eu une discussion avec ton père et Rudy. C'est à ce moment-là que Rudy a su pour toi. Ton père m'a fait comprendre que mon statut au sein de l'Organisation te mettait en danger, et il avait raison. Écoute ma chérie, par amour pour toi, j'avais déjà fourgué mes affaires françaises à l'américain, avant même que tu me le demandes. Je voulais t'offrir ce que tu voulais, une belle vie, autant honnête que possible. J'étais prêt à tout pour ne pas te perdre. Je n'ai rien ne dit à personne. j'ai décidé de tout arrêter en Russie. Pour te protéger. Mais je ne pouvais pas tout quitter comme ça, il y avait trop de risques. Je devais assurer nos arrières...

— Je ne comprends pas... Pourquoi m'avoir introduite dans l'Organisation si tu voulais la quitter ?

— Et je vais la quitter ! Mais pas tout de suite

Julia. Pour en sortir, je dois d'abord assurer la sécurité de ma famille. Et la tienne. Je savais qu'un jour ou l'autre, le Clan et l'Organisation risqueraient de nous faire payer notre relation. J'ai juste pris les devants…. J'ai appelé ton oncle en Toscane. J'ai négocié mon éviction de l'Organisation.

— Comment ?

— Il me laissait le temps. Mais surtout il me laissait faire à ma façon. En contrepartie, je me suis engagé à ne pas m'impliquer dans le Clan, à ne pas m'occuper de la Toscane. Je devais faire en sorte que les russes oublient l'Italie, il faisait pareil de son côté.

— Et moi dans tout ça ?

— Le meilleur moyen de te protéger dans mon pays était que tu sois à mes côtés. Ton oncle m'a aidé…

— Je ne comprends plus rien….

— Princesse…. C'est moi qui ai balancé notre histoire à l'Organisation par le biais du polonais. J'en connaissais les conséquences, mais je n'avais pas le choix.

— Quoi ? Et le rôle de Giacomo dans tout ça ?

— Il a mis les italiens sur le coup pour renforcer

ta protection, et pour m'aider à t'introduire à la tête de l'Organisation. Je savais que tu ne risquais rien si tu prenais cette place. On était d'accord pour que tu n'en saches rien, ni toi, ni personne d'autre à part lui et moi.

— Attend, quelque chose ne colle pas dans ton histoire ! Le rebelle….

— Je pense que c'est ton oncle qui a commandité ça. Pour convaincre les russes de ta légitimité au sein de l'Organisation. Julia, je te jure que pour lui, je n'y suis pour rien.

— Et… Et pour notre mariage ? … Ça aussi c'est une négociation ?

— Quoi ? Mais non ! Pas du tout ! (Ivan se rapprocha de Julia, et commença doucement à lui caresser les bras, la regardant tendrement). Julia, regardes-moi… Crois-tu sincèrement ce que tu viens de dire ? Crois-tu sincèrement que je faisais semblant à chaque fois qu'on faisait l'amour, que je te serrais dans mes bras, que je caressais ton corps ? Crois-tu sincèrement que je te mentais à chaque fois que je te disais à quel point j'étais fou de toi ? … (Il la prit dans ses bras, enfouissant son visage dans le cou de la belle).

Moya printsessa, tu m'as offert ta virginité, c'est dans mes bras que ton corps s'épanouit chaque jour, tu m'as offert ton amour, tu m'as offert le bonheur d'aimer et d'être aimé... C'est toi qui m'offres les plus beaux cadeaux de la vie... Tu sais que si tu me lâches...

— Si tu me lâches...

— Moya printsessa, jamais, jamais je ne te lâcherai. ! Et même si toi tu tentais de le faire, je me battrai pour te garder ; mais non, je ne te lâcherai jamais. Regarde-moi dans les yeux maintenant, et dis-moi que tu ne me crois pas princesse. Ose me dire que je n'ai jamais été sincère avec toi... Tu ne pourras pas le faire, parce que dans ton cœur tu sais parfaitement que tu aurais tort de penser ça. Pose ta main sur mon cœur... Il ne bat que pour toi Julia. Et pour l'enfant que tu portes...

— Comment tu sais ? s'étonna la jeune femme.

— Je ne suis peut-être qu'un homme, mais je sais certaines choses quand même ! Je connais chaque détail de ton corps, de ton caractère, et je peux voir quand il y a des changements.

— Quels changements ?

—Tes seins qui grossissent légèrement, ton

ventre qui commence à s'arrondir, ta fatigue, tes nausées… Mais je n'étais pas sûr quand même ! c'était peut-être dû au mariage… Dis-le-moi, s'il te plaît.

— J'ai eu la confirmation hier. Tu vas être papa...

Fou de joie, Ivan souleva sa fiancée et la fit tourner dans le bureau. Il se mit à l'embrasser sur tout le visage, ne cessant de lui dire qu'il l'aimait, qu'il la remerciait d'être là et de porter son enfant, leur bébé. Puis il se mit à genoux, embrassant et parlant tendrement contre le ventre de la future mère.

— Tu ne le sais pas encore, mais je t'aime déjà mon bébé ! Papa sera toujours là pour toi.

— Vous !

— Quoi ?

— Vous. On va avoir des jumeaux.

Tôt le matin du 26 février, Ivan reçut un sms qui le tracassait.

« La tigre cambierà percorso, la leonessa si rivelerà, il mondo trasformeranno ; la profezia sarà. » *Nous n'avons plus le temps ! Je perds le contrôle. La place de Julia est menacée. Le Clan aussi. La donne change. Seul je ne pourrais plus rien faire. La Russie devra s'allier à la Toscane. Fais vite !*

14

C'était la deuxième fois que Julia vomissait ce matin-là. Elle ne savait plus si c'était dû au stress de la journée qui s'annonçait, ou à sa grossesse gémellaire.

— Bien. Maintenant vous allez m'écouter. Je sais que papa vous manque. Il me manque à moi aussi. Mais vous l'entendrez tout à l'heure. Alors je vous en prie, soyez patients ! Et laissez-moi tranquille un peu ! S'il vous plaît.

Tant bien que mal, la jeune femme se préparait pour son mariage. Une effervescence empreinte de résignation et de méfiance grandissait dans la maison au fur et à mesure que l'heure du face à face entre les deux familles approchait. Mais la belle n'attendait que deux choses : l'arrivée de son oncle, à qui elle avait téléphoné quelques jours auparavant et qui lui avait confirmé ce qu'elle venait de comprendre, et plus que tout, l'arrivée d'Ivan, son fiancé, son homme, son allié.

Avec ces foutues pratiques ancestrales obligatoires des deux familles, il avait fallu jongler et trouver des compromis. Ainsi, les Stokowitch devaient venir au grand complet demander officiellement la main de la jeune femme aux hommes de la famille italienne. Si la famille de la belle acceptait, Marianne, témoin de Julia, irait lui poser sur la tête le diadème en diamants que toutes les femmes de la famille russe ont porté à leur mariage.

Le premier bal de voitures commença. Les soi-disant « cousins » plus ou moins proches débarquaient d'Italie. Julia surveillait de la fenêtre de sa chambre, comprenant que ces invités n'étaient autres que ses franchisés, ses tenanciers, ou encore ses hommes de mains. Ce qui l'amusait, c'était d'être de ce côté de la fenêtre, telle une reine observant la condescendance hypocrite de ses sujets qui n'avaient aucune idée de qui elle était réellement.

Première règle : n'oublies jamais qui tu as été, d'où tu viens et qui tu es aujourd'hui. J'étais une innocente naïve, je viens du Milieu et aujourd'hui je suis leur Marraine. Pitoyable évolution !

Julia observait toujours cette assemblée grandissante, attendant avec impatience Giacomo. Ils devaient se parler rapidement avant les cérémonies. C'était convenu.

Enfin elle le vit descendre d'une berline noire, accompagné de Giancarlo, son plus jeune fils. N'y tenant plus, elle courut au rez-de-chaussée pour l'accueillir à bras ouverts, et l'entraina spontanément vers le salon. Elle prit soin de ne pas fermer la porte, pour ne pas éveiller les soupçons de ses parents.

—Je t'ai apporté ce que tu m'as demandé, dit tout bas l'oncle, en lui tendant un écrin noir.

Julia ouvrit le boîtier ; il contenait un collier en diamants qui avait appartenu à sa grand-mère, et qui lui revenait en ce jour spécial. Mais elle semblait chercher autre chose.

— Grazie mille Giacomo. Il est magnifique.

— Ce dont tu auras besoin est sous le support du collier, lui murmura son oncle en lui passant le collier autour du cou.

Julia eut un petit soupir de soulagement.

— Julia, tu es sûre de vouloir faire ça ?

— Si c'est nécessaire, oui. Et toi, tu as pu savoir ?

— Je n'ai eu aucune confirmation.

— Tu me jures que ce n'est pas toi Giacomo ?

— Je te le jure !

— Alors ça ne peut être que lui... Et je n'aurais pas d'autres choix que de le faire aujourd'hui… répondit la belle avec un ton légèrement triste.

— Ton heure est venue, ma grande. Oui, ton heure est venue. De vivre ta vie avec tes yeux et non plus à travers le regard des autres. Tu es revenue. Envole-toi maintenant. Prend garde à toi, bella Leonessa.

— Promis. Mais je ne cours aucun risque aujourd'hui. Après-tout je suis entourée de mon Clan même s'il n'a aucune idée de qui je suis. Et puis Ivan sera là aussi. Encore merci pour tout.

Elle l'embrassa tendrement, puis remonta dans sa chambre.

S'assurant que personne ne viendrait la déranger en donnant un tour de clé à sa porte, elle finit par ouvrir l'écrin et soulever le support. Elle découvrit les deux bagues qu'elle avait réclamées à son oncle. Elle grimaça en les regardant, sachant qu'il y avait de fortes chances qu'elles lui servent très vite. Elle pouvait retourner le problème dans tous les sens, elle savait que tout se règlerait aujourd'hui.

La belle enfila sa robe, et s'empressa de mettre les bagues dans l'une des deux poches qu'elle avait exigé de faire rajouter sur sa tenue. Dans l'autre, elle mit la chevalière de l'Organisation. Elle déverrouilla la porte, retourna à la fenêtre et attendit patiemment l'arrivée d'Ivan, observant dans la cour le flot d'invités grandissant.

Assis à l'arrière du 4x4 conduit par Rudy, Ivan était soucieux. Le sms reçu tôt ce matin le tracassait. Il avait beau y réfléchir, sa belle était en danger. Il ne savait pas ce qu'il devait faire aujourd'hui pour la protéger, sans qu'elle ne soit au courant.

— Ne stresse pas, lui lança Rudy, voyant son ami avec un regard sombre. Elle ne te dira pas non au dernier moment.

— Je sais bien.

— Je sais qu'elle te manque déjà mais…

— Rudy, promets-moi de veiller sur Julia quoiqu'il arrive.

— Quoi ?

— Je te demande de veiller sur ma femme, quoiqu'il arrive. Promet-le-moi.

— Ivan, mon frère, tu sais très bien que je le ferais ! Mais il n'arrivera rien. Tu te fais trop de soucis avec ce mariage. Tout va bien se passer, tu verras…

— Que Dieu t'entende !

Le cœur de Julia se mit à battre la chamade lorsqu'enfin, les voitures de la famille Stokowitch arrivèrent. Une file de berlines luxueuses, certainement pour tenter de marquer une supériorité idiote vis à vis des italiens. Une rivalité plus que centenaire ressurgissait entre les deux familles, malgré le symbole de ce jour. Le silence s'était abattu dans la cour. Chacun prenait sur soi de ravaler les rancœurs qu'engendraient cette alliance. Des velléités étaient parfois visibles dans les regards. L'ambiance était tendue, mais les courtoisies d'usage pour l'occasion s'échangeaient entre les familles.

Julia cherchait du regard celui qu'elle attendait tant. Quand soudain, elle le vit descendre du dernier véhicule du cortège à s'arrêter.

Instinctivement, Ivan leva les yeux en direction

de la fenêtre de la chambre de sa belle. Leurs regards se croisèrent. Ils eurent chacun un grand sourire de réconfort. Elle posa sa main sur la vitre, il posa alors la sienne sur son cœur. Ils ne se lâchaient plus du regard, ne prêtant pas attention au rituel archaïque de la demande des russes aux italiens. Ils se retrouvaient à nouveau dans leur monde.

On frappa à la porte.

— Oui entre... répondit Julia sans quitter des yeux de l'homme qui l'attendait en bas.

— Tu n'es pas prête ? s'étonna Marianne.

— Si, je suis plus que prête. Tu as vu comme il est beau dans son costume noir ?

— Oui, j'avoue qu'il est pas mal ! railla la fidèle amie pour détendre un peu l'atmosphère. Viens, il faut que je te mette le diadème.

— Viens toi. Je veux qu'il voie ça.

Marianne s'approcha de la future mariée et délicatement, positionna la petite couronne de diamants sur la tête de la jeune femme qui n'enleva pas la main de la fenêtre. Ivan assistait à la scène, ému. Puis elle plaça la cape blanche sur les épaules de la mariée, et l'attacha.

— Tu es magnifique Julia. On dirait une princesse !

La jeune femme sourit.

— J'en suis une grâce à Ivan, répondit-elle. Marianne, il faut que je te demande quelque chose avant de partir…

— Oui, quoi ?

— S'il venait à m'arriver quoi que ce soit aujourd'hui ou plus tard, je veux que tu continues à t'occuper d'Ivan, à veiller sur lui, comme tu l'as fait jusqu'à maintenant. Tu me le promets ?

— Oui, je te le promets, répondit simplement Marianne, sachant très bien qu'il valait mieux ne pas demander pourquoi. Allez, on y va maintenant. Je crois qu'il y a quelqu'un en bas qui ne tient plus en place, et qui t'attend avec impatience.

Julia acquiesça de la tête, envoya un baiser à son homme, et sortit de sa chambre.

Rudy se tenait aux côtés d'Ivan. Lorsque Julia disparut de la fenêtre, il remarqua que son ami avait repris son air suspicieux. Il fixait la porte d'entrée, tout en jetant des coups d'œil furtifs sur les personnes présentes dans la cour.

— Ne t'inquiète pas, elle arrive.

— Ce n'est pas ça ! répondit un peu sèchement Ivan.

— C'est quoi alors ?

Rudy n'obtint aucune réponse, l'italienne apparaissant sur le pas de la porte.

Avec les rayons de soleil de ce début d'après-midi, on aurait pu croire qu'une aura s'était formée autour de la future mariée. Ivan rejoignit précipitamment sa belle, n'hésitant pas à bousculer certains hommes pour se frayer un passage. Il arriva face à elle, et sans attendre, prit son visage entre ses mains, et l'embrassa longuement, tendrement. Entre deux baisers, il la questionnait du regard, elle lui répondait de la même façon. Ils avaient tout effacé autour deux.

— Ivan ! Ça suffit maintenant !

Ivan, sans lâcher sa belle, tourna lentement son visage vers son père, et lui lança un regard furieux.

— Ne me dis plus jamais ce que je dois faire ou ne pas faire avec ma femme ! C'est clair ?

— Vous n'êtes pas encore mariés que je sache,

répondit alors le père de Julia.

— Légalement, nous sommes mariés depuis hier matin ! Aujourd'hui, c'est juste... religieux.

Il regarda alors sa femme, elle lui fit un léger signe de la tête, il lui prit la main et l'entraîna vers sa voiture.

— Ivan ! Elle doit partir avec son père ! S'écria le patriarche des Stokowitch.

— Première surprise de la journée ! C'est moi qui l'emmène. Vos traditions archaïques, on n'en a rien à faire. C'est nous qui décidons, pas vous. Et si ça ne vous plait pas… et bien ne venez pas !

Julia et Ivan montèrent à l'arrière de la voiture qui démarra aussi sec. À l'abri des regards réprobateurs, le jeune homme posa enfin sa main sur le ventre de l'italienne.

— Ils vont très bien maintenant que tu es là. Ne t'inquiète pas Amore.

Ivan posa alors sa tête sur ce ventre légèrement gonflé, et se mit à parler à ses bébés, heureux d'avoir Sa famille à ses côtés.

15

Les cérémonies se passèrent dans le calme. À l'église orthodoxe d'Aix comme à l'église catholique du petit village de Puyricard, nombreux étaient ceux qui voulaient à tout prix assister de près ou de loin à ce mariage, où le cortège de voitures et d'invités n'en finissait pas. Qui connaissait les mariés, qui en avait entendu parler… peu importe la raison, il semblait du plus bel effet que d'assister à cet évènement. Certains avaient même fait le déplacement depuis Iaroslavl pour confirmer à leur retour que le Tigre s'était bel et bien marié avec la fille du réseau toscan. Ainsi, quelques membres de l'Organisation avaient fait le déplacement, certainement pour mieux représenter la puissance des russes. Il y avait aussi quelques têtes de réseaux italiens ; la différence était que seuls les russes savaient qui était Julia ; pour les autres, elle était juste la nièce de Giacomo, chef du Clan Del'Angelo, leur Parrain. Mais l'union italo-russe célébrée ce jour ne confirmait pas pour autant une pleine alliance entre les deux pays.

À la salle de réception, les félicitations de part et d'autre n'en finissaient plus. Le nombre d'invités étant assez conséquent, il y eu beaucoup de présentation.

Ivan présenta Jackson, l'américain de Marseille, à sa nouvelle épouse. Les deux hommes se respectaient tant que l'un ne se mêlait pas des affaires de l'autre. De cette entente découlait une confiance entre les deux hommes qu'ils savaient franche et entière. Quant à Giacomo et Alvaro, ils lui présentèrent Gianni, l'élu malheureux qui voyait lui échapper par ce mariage, la femme qui lui était promise depuis près de vingt ans maintenant, en même temps qu'une place de choix dans l'organigramme de ce vaste réseau. Mais la belle n'en avait que faire, elle n'avait d'yeux que pour son bel Ivan, son Tigre.

De temps en temps, Giacomo lançait un regard furtif à sa nièce. Il attendait, il surveillait. Quelle que soit la décision de la Lionne, il se devrait de la respecter. Même si l'arrivée du Tigre au sein du Clan le contrariait. Alvaro n'en voulait pas, Julia l'imposerait, et lui se retrouverait pris entre deux feux. Il décida en son for intérieur qu'il n'obéirait plus qu'à La Lionne, comme il avait fait promettre à ses quatre fils de le faire le moment venu.

La réception avançait. Il se faisait déjà tard. Julia discutait avec ses cousines d'Italie, tout en regardant de temps en temps son mari. Elle vit Rudy arriver, parler à l'oreille d'Ivan, et le suivre à l'extérieur. Elle s'excusa, se dirigea vers la porte de la salle en prenant soin de mettre sa cape pour ne pas avoir froid. Puis elle sortit, et rejoignit un groupe d'hommes éclairés à la seule lueur de la lune blanche.

— De quel droit vous vous permettez de parler de ma femme comme d'un pion dans votre jeu de guerre ?

— Mais enfin Ivan ! C'est légitime que tu sois toi aussi à la tête du Clan. Après tout Julia est bien à la tête de l'Organisation, elle ! s'exclama le père Stokowitch.

— Arrête ! Ivan vociférait, furieux. En attendant, vous étiez tous bien content qu'elle accepte cette place. Elle a assuré votre sécurité vis-à-vis des italiens. C'était tout bénef pour vous et vous le savez bien.

— Elle n'avait pas le choix, puisqu'elle partageait

déjà ton lit ! renchérit Boris.

— Je t'interdis de parler comme ça de Ma Femme. Elle avait le choix. Et elle a accepté pour moi, pour nous tous ! Pas pour le bien de l'Organisation ! L'Organisation, elle n'en a rien à faire !

— C'est pour ça qu'il n'est pas nécessaire que tu prennes la tête du Clan, rétorqua alors Alvaro.

— Oh vous, taisez-vous aussi ! Vous aussi ça vous a bien arrangé qu'elle soit à mes côtés en Russie. Vous n'y avez vu que vos propres intérêts. Comme annexer Iaroslavl à la Toscane. Mais vous n'avez rien compris, tous autant que vous êtes !

Rudy interrompit le Tigre avec un coup de coude dans les côtes, et un signe de tête lui signifiant que Julia était juste derrière.

Ivan se retourna, tendit la main à sa belle pour l'inviter à rejoindre cette réunion improvisée, et quand elle fût à sa hauteur, il la prit par la taille en l'embrassant sur le front. Il tentait de se calmer.

— Je suis désolé ma chérie.

— Ça va aller, lui répondit doucement la jeune femme.

— Maintenant qu'elle est là, allez-y ! Osez répéter tout ce que vous venez de vomir ! Montrez-lui la confiance que vous avez tous en elle ! Allez-y !

— Amore, calme-toi. Ça va aller… lui souffla doucement Julia.

— Ce n'est pas possible Ivan, et tu sais très bien pourquoi, répondit Alvaro.

— Pourquoi ce ne serait pas possible papa ? Hein ? Pourquoi ? demanda Julia cyniquement.

Il y eu un court moment de silence.

— Bien, reprit la jeune femme. Ce n'était ni le lieu, ni le moment pour une quelconque négociation. Surtout sans que je sois là. Mais maintenant, vous ne me laissez plus le choix.

Julia mit la main dans une poche, et en sortit la chevalière de l'Organisation qu'elle passa. Elle sortit ensuite les deux autres bagues ; elle mit la bague du Clan et passa l'autre au doigt d'Ivan.

—Que vous le vouliez ou non, je fais partie intégrante de l'Organisation au même titre que mon mari, et ce uniquement par choix, pas par obligation. Je l'ai décidé pour appuyer mon époux, pour le soutenir, certainement pas pour que la Toscane y joue un rôle prépondérant, ou asservisse la Russie. Et à compter de maintenant, je reprends la place qui m'est due à la tête du Clan. (Elle jeta un regard réprobateur à son père). Celle dont tu as essayé de me spolier, en me promettant au fils d'Umberto alors que je n'étais qu'une enfant ! Tu sembles étonné papa. Je me demande bien pourquoi…. Ah oui ! Tu réalises… Eh oui papa. Maintenant je sais qui je suis, qui j'ai été et d'où je viens. Donc je disais, je reprends la tête du Clan de Toscane. Et ma première décision est que mon mari sera mon égal au sein du Clan.

— Julia ! Tu ne peux pas…

— Quoi papa ! Je ne peux pas te mettre à l'écart ? C'est ça ? Ou plutôt, tu ne veux pas que mon mari accède à cette place ?! Comme je viens de le dire : tu n'es plus le chef. C'est terminé.

Les russes étaient stupéfaits. La Lionne se révélait. Elle savait !

— La tigre cambierà percorso, la leonessa si rivelerà, il mondo trasformeranno ; la profezia sarà. … rappelle-toi de ça papa. Bien ! En ce qui concerne la Toscane, Giacomo tu continues à gérer, mais dorénavant ce sera uniquement à moi que tu rendras des comptes. La passation officielle se fera en temps et en heure, mais pas maintenant. En attendant, personne ne dira quoi que ce soit sur moi au réseau. Je veux garder le secret tant que je n'ai pas terminé de tout apprendre sur mon Clan. Et l'Italie laissera Iaroslavl tranquille tant que l'Organisation n'aura pas besoin de notre aide, ajouta-t-elle en se tournant vers son beau-père.

— Pour ce qui est de la Russie, on soutient la Toscane mais on ne l'annexe pas ! Et nous aussi on se tait. Pas question que le polonais apprenne l'existence de la Lionne. C'est clair ? intervint Ivan sèchement. Et si jamais j'apprends que vous n'obéissez pas à mes ordres, ou que vous ne respectez pas ma femme…. Je viendrais moi-même régler les comptes !

Personne n'osait plus rien dire. Les jeunes mariés se retournèrent pour partir quand Julia intervint une dernière fois.

— Vous n'étiez pas venus pour assister à une alliance entre le Tigre et la Lionne. Mais pour célébrer notre mariage, à Ivan et moi. Je pense que du coup vous n'avez plus rien à faire ici.

— Ah, encore une chose, conclut le jeune homme. Nous ne ferons aucuns déplacements dans les prochains mois. Nous serons occupés à préparer l'arrivée de nos jumeaux. Donc si c'est nécessaire, c'est Rudy qui viendra, que ce soit à Lucca ou à Iaroslavl.

Ils repartirent dans la salle, suivi de près par Rudy et Giacomo, laissant sans voix les autres, surpris par ce qu'ils venaient d'apprendre.

16

Pour la plus grande fierté d'Ivan, Julia avait repris ses droits avec calme et brio. Elle avait su se montrer autoritaire sous sa douceur naturelle. Il était rassuré. Il avait réussi à la préparer dans les temps, même si cela n'avait pas été simple pour lui.

Rudy et Giacomo continuaient à gérer les fiefs du couple, laissant ainsi les futurs parents s'occuper de la future naissance. Les semaines passaient. Ivan prenait soin de sa femme tout autant que de ses enfants à naître. Il leur parlait chaque jour, caressait dès qu'il le pouvait le ventre de sa belle qui s'arrondissait de plus en plus, tant par plaisir que pour soulager les petites contractions qui commençaient à se faire sentir. Comme pour la jeune femme, la présence du grand gaillard semblait rassurer les jumeaux.

Le jeune homme s'attelait aussi à implanter des affaires commerciales légales en France. Il avait besoin d'explorer un nouveau monde pour conquérir sa liberté et tenir la promesse qu'il avait faite à Julia quelques mois auparavant.

En un an, la vie du couple avait radicalement basculé. La belle italienne avait apprivoisé le solitaire. Le beau russe avait fait d'elle une princesse, Sa princesse. En une année, ils s'étaient rencontrés, aimés, alliés, mariés, et allaient devenir parents. Ils géraient des empires de jeux clandestins, des réseaux entiers mafieux, mais ils gardaient foi en leur avenir sans l'Organisation ou le Clan. Ils voulaient plus que tout sortir de ce carcan malsain, élever leurs enfants honnêtement, et sans risques. Mais la chose était compliquée à réaliser sans devoir en passer par quelques malversations, surtout à Iaroslavl, où le polonais recommençait à semer le doute sur la légitimité de l'italienne à la tête de l'Organisation, cherchant par tous les moyens à récupérer le fief des Stokowitch afin de s'implanter en Russie. Ce qui avait pour conséquences de créer quelques tensions avec les rebelles, tensions que la famille s'efforçait de contrôler sous les directives du Tigre.

À contrecœur, régulièrement, Julia recevait les comptes-rendus des activités du Clan. Elle s'efforçait de s'y intéresser, sachant pertinemment qu'un jour, toutes ces informations lui serviraient. Mais la plupart du temps, c'était à Ivan et Rudy qu'elle demandait des conseils, des explications, parfois même de prendre les décisions nécessaires. La seule chose qu'elle leur imposait, était de décider en fonction d'une promesse qui lui avait été faite. Elle demanda à Rudy de se rendre sur place pendant quelques jours, afin qu'à son retour il puisse la familiariser au mieux à ce qui l'attendrait réellement lorsque la passation deviendrait officielle aux yeux des autres réseaux italiens, surtout les plus virulents et ardents détracteurs des Del'Angelo. C'est ainsi qu'elle apprit que la famille avait peut-être une porte de secours, et commença à envisager sa sauvegarde grâce aux vignobles et aux oliviers du domaine toscan. Mais pour l'heure rien n'était gagné.

Oui, en une année leur vie avait changé irrémédiablement, tant pour Ivan que pour Julia. Et plus les semaines passaient, plus ils s'enfonçaient dans ce changement qui leur plaisait tant, qui les rendait si heureux.

Octobre pointait le bout de son nez. L'automne

s'installait à la Bastide, avec ses couleurs chatoyantes, la douce fraîcheur des journées, les caprices du temps, ce qui enchantait la belle italienne. Et le soir du vendredi 4 octobre, Ivan envoyait un sms à ses parents, ainsi qu'à Alvaro et Monica Del'Angelo:

« Nos héritiers sont nés. Gabriel et Anaëlle se portent très bien. Ainsi que leur mère. Ivan. »

Respectant la décision d'Ivan, par égard pour sa femme épuisée par un accouchement assez difficile, les quatre grands-parents vinrent voir les jumeaux à la Bastide seulement deux semaines après la naissance.

Gabriel et Anaëlle étaient devenus le centre d'attention de toute la famille. Les grands-parents étaient fiers et heureux d'accueillir les nouveaux nés. Mais les jeunes parents restaient méfiants quant à leurs réelles intentions, sachant qu'ils pouvaient être capables de tout et n'importe quoi, soi-disant pour le bien de l'Organisation ou du Clan. Julia tentait de rester agréable et courtoise, sauf avec son père. Le doute qu'elle avait eu sur lui quelques jours avant son mariage ne s'était pas estompé, bien au contraire. Malgré les recherches de son oncle Giacomo, elle ne savait toujours pas la vérité sur un point, et de ce fait, elle avait énormément de mal à oublier ce que son père avait pu être capable de faire, si tant est que ce soit bien lui le responsable. Et si tel était le cas, elle ne pourrait jamais lui pardonner de l'avoir mise en danger. Ivan quant à lui, ne laisser personne seul avec les enfants. Lui aussi était sur ses gardes sachant qu'à Iaroslavl, l'amorce du changement pour l'Organisation était mal perçue par son père, et créait des tensions aussi bien au sein de la famille, qu'au sein de l'Organisation, et vis à vis des autres réseaux clandestins. Mais il n'avait pas le choix que d'en passer par là, mettant un point d'honneur à respecter un serment renouvelé à la naissance de ses enfants.

Les grands-parents étaient heureux, mais pas autant que les parents devenus fous face à leurs jumeaux. Ils avaient engagé une jeune fille comme nounou, qui n'était autre que la nièce de Jackson. Même si Julia n'était pas d'accord avec cette idée encore trop immorale à son goût, elle avait fini par comprendre qu'Alexandra ne poserait aucune question sur la provenance douteuse de la petite fortune du couple, et sur leurs activités illicites. De plus, ils renforçaient une forme d'alliance avec Jackson, ce qui pouvait s'avérer être utile par la suite, tant pour eux que pour leurs enfants.

Pour protéger les héritiers, le Clan toscan avait préféré taire leur naissance, tout comme il continuait à taire la véritable identité de La Leonnessa, la Lionne, prétextant même qu'elle n'existait pas, qu'elle n'était qu'une légende. Ainsi, les rivaux ne surent rien à propos des jumeaux. Ce qui était parfait pour Giacomo, facilitant ainsi la gestion et le développement des affaires.

Mais à Iaroslavl, la nouvelle avait déjà fait le tour de la ville. Les jeunes parents reçurent les félicitations de chaque membre de l'Organisation, autant par respect pour Le Tigre et sa femme, qu'en guise d'avertissement. Ils en eurent aussi de quelques conseillers municipaux, clients réguliers de l'Organisation, appuis potentiels au futur remaniement du réseau des Stokowitch.

Julia ne tolérait pas ces pseudos effusions de sympathie russe. Mais elle se taisait, ne voulant pas créer plus de polémiques qu'il n'y en avait déjà. Elle préférait se consacrer entièrement à ses enfants et son mari, dont elle admirait le dévouement et l'amour qu'il avait pour sa famille. Les nouveaux parents s'occupaient à chaque instant de Gabriel et Anaëlle, sous les yeux bienveillants de Marianne et Rudy. À eux six, ils formaient une famille à part entière. Gabriel, petit blondinet aux yeux bleus, était robuste et charismatique comme son père ; quant à Anaëlle, elle avait hérité de la beauté latine de sa mère avec ses cheveux bruns et ses yeux bleus, mais aussi de son caractère impétueux. Les enfants avaient pris ce qu'il fallait, de qui il fallait, pour devenir les ultimes merveilles du monde selon l'avis très partial de leurs parents.

Les jumeaux approchaient leur quatrième mois. Leur mère ayant eu du mal à se remettre de l'accouchement, elle avait fini par accepter petit à petit que Marianne et Alexandra prennent le relais de temps en temps. Pour la plus grande satisfaction d'Ivan, qui retrouvait ainsi sa femme la journée et sa maîtresse le soir. Il appréciait les rondeurs qu'elle avait gardé de sa grossesse, et savait le lui montrer sous ses caresses et ses baisers. Plus le temps passait, plus il aimait sa belle italienne qui savait le lui rendre à la perfection. Un couple parfait, avec des enfants parfaits, dans leur monde presque parfait.

L'hiver battait son plein en ce matin du 21 Janvier de cette nouvelle année. Le mistral glacial soufflait en rafales virulentes, effaçant toute trace de la pluie de ces derniers jours. Le feu crépitait dans la cheminée, créant un climat propice à la sérénité et au bonheur des choses simples.

Le téléphone de Julia sonna. C'était Ernesto, son cousin.

— Si Ernesto, comment ça va ? demanda-t-elle, surprise de son appel.

— Julia, c'est papa. On vient d'apprendre qu'il est malade, répondit son cousin d'une voix grave. Écoute, il ne voulait pas que tu le saches, mais je pense qu'il faut que tu te prépares à venir ici. Il va falloir que tu reviennes officiellement. C'est pour ça que je t'avertis.

— Oh non ! Mais qu'est-ce qu'il a ?

— Il cancro Julia. Le cancer.

— Non… pas ça...

— Le médecin dit qu'en suivant le traitement il

peut tenir un an, peut-être même deux. Mais pas plus. Il faut que tu t'organises et que tu viennes ici sans trop attendre Julia. Je ne sais pas s'il aura la force de continuer à gérer les affaires encore longtemps. Sache que mes frères et moi, on te sera fidèle. Mais quand l'état de mon père va empirer, et que ça se saura, il y aura des vautours. Et il faudra que tu sois là. Toi et … Ivan aussi.

— Oui, je comprends. Tiens-moi au courant pour Giacomo per favore. De mon côté, je fais le nécessaire avec Ivan et je te rappelle quand on sera prêt.

— Si, d'accordo Julia. Mais fais vite !

L'italienne raccrocha, découragée par ce qu'elle venait d'apprendre. La Lionne devait désormais se montrer et faire face à son destin comme à ses détracteurs. Une larme coulait sur sa joue livide. Elle avait le regard dans le vide, ne parvenant pas à réfléchir à ce qu'elle devait faire.

Ivan et Rudy qui buvaient un café dans la cuisine, entendirent vaguement parler la jeune femme, puis plus rien. Plus un bruit. Inquiets, ils se dirigèrent au salon, et trouvèrent Julia assise au bord du canapé, son téléphone à la main, le teint blême, semblant perdue dans ses songes.

— Ça ne va pas princesse ? Qu'est-ce qu'il se passe ? demanda doucement Ivan en s'accroupissant auprès de sa femme, posant ses mains sur les cuisses de la belle.

— C'est Giacomo, répondit Julia, la voix tremblante. Il est malade. Il n'en a plus que pour un an…. Maximum deux… Ernesto….

— Quoi Ernesto ? Dis mois Julia.

— Ernesto me demande de reprendre officiellement ma place… avec toi.

— Je suis désolé...

— Il dit qu'il faut que….

— Que quoi ?

— Que ça se fasse rapidement. Sinon les autres… vont être comme des vautours….

— Viens là… Viens…. Chuchota Ivan, prenant sa femme dans ses bras pour la consoler. Écoute, je suis désolé pour ton oncle. Mais Ernesto a raison. Il faut que tu te fasses à l'idée maintenant. Il va falloir que tu reprennes ton rang pour calmer les autres.

— Je n'y arriverai pas !

— Bien sûr que si. Tu as réussi à t'imposer en

Russie, tu peux le faire en Italie, ta terre natale.

— Pas sans toi…

— Mais je serai toujours là près de toi ma chérie. Je ne te lâcherai pas. Et Rudy t'aidera aussi. Il commence à connaître le domaine. Il pourra te guider.

— Demain je partirai en Toscane, assura Rudy. Je me rendrai mieux compte de la santé de Giacomo. Je ferai le point avec Ernesto pour les affaires et je parlerai avec Giancarlo. Comme ça, à mon retour, je te dirai ce qu'il en est et ce que j'en pense. Tu auras toutes les cartes en mains pour décider de ce que tu veux faire.

— D'accord… Oui… Décider de ce que je veux faire…

En répétant ces mots, Julia réalisa qu'elle avait peur et se mit à pleurer dans les bras de son mari. Elle avait peur pour sa famille. Tout allait encore trop vite pour elle. Elle ne se sentait pas encore prête à assumer ce rôle qu'elle cherchait à esquiver.

17

— Alors, ça donne quoi ? Questionna Ivan, avec sa voix grave.

Rudy venait d'arriver d'Italie, après une semaine qui avait semblé interminable pour Julia. Très vite, le couple l'avait pris à part dans le bureau.

— Giacomo tiendra le coup. Il va faire le traitement pour te laisser le temps d'arriver à la tête du Clan, répondit-il en regardant la jeune femme. Ne t'inquiète pas, il est robuste. Il tiendra.

— Ok. Tant mieux, s'exclama Julia, soulagée et rassurée d'entendre ces paroles.

— Pour les affaires ? continua le russe, toujours l'air soucieux.

— Pietro et Paolo continuent pour ne rien laisser paraître. Les affaires tournent autant. Pas de bruit qui court pour le moment. Ni sur la Lionne, ni sur Giacomo. Ernesto gère, mais il risque de vite être dépassé du fait de l'étendue du réseau. Il y a des chances pour qu'il ne soit pas capable de gérer si Giacomo venait à partir plus vite que prévu. Il est le point faible.

— Et Giancarlo ? Il tient le coup ? demanda Julia avec une pointe de mélancolie dans la voix.

— Il a du mal à réaliser. Il n'est pas au point au domaine, mais c'est normal. Après tout, il s'en occupe seul et il est encore jeune. Il est livré à lui-même pour l'administrer, ça se ressent quand on voit les livres de comptes. Ses frères ne s'en mêlent pas.

— Comme lui ne se mêle pas du Clan, même s'il en fait partie… chuchota la belle.

— Je trouve qu'il a du potentiel. Il pourrait être un atout pour le domaine si on lui apprend quelques trucs. Il faut juste qu'il comprenne vite et qu'il mette rapidement en application ce qu'on lui expliquera, et le tour est jouable.

— Une échappatoire pour le Clan ? s'enquit soudainement la jeune femme.

— Comme on l'a prévu. Le vignoble, sur quelques années. Et peut-être aussi l'oliveraie… répondit simplement Rudy. Mais honnêtement, du haut de ses dix-neuf ans, Giancarlo ne pourra pas s'investir dans les deux. Il lui faudra de l'aide si tu veux utiliser toutes les ressources du domaine.

Le bilan était mitigé. Ivan et Julia réfléchissaient, sans vraiment oser exposer leurs pensées.

Puis le jeune homme reprit.

— C'est Ernesto qui est inquiétant pour le moment. Ça, ce n'est pas bon.

— Et tu veux faire quoi ? demanda sa femme, dubitative. Le virer du Clan ?

— Arrête Julia ! Tu sais bien que ce n'est pas possible.

— Oui je sais, mais s'il est le point faible… C'est peut-être une solution à envisager, non ?

— Non. Il faut le rendre plus fort. C'est tout.

— Et comment tu veux faire ?

— Je n'en sais rien encore. Mais il doit y avoir un moyen…

— La solution pourrait être simple en fait, reprit Rudy. Il n'y a qu'à l'impliquer plus dans le domaine. Ça pourrait lui offrir l'opportunité d'avoir une responsabilité plus saine, et plus motivante. Il semble lassé de jongler entre toutes les salles, toutes les villes. Et sincèrement, je pense que c'est pour ça qu'il n'a plus vraiment envie d'aller sur le terrain. C'est la raison pour laquelle il devient inquiétant. Finalement, il est comme toi Julia .... Il rêve d'un meilleur avenir pour la famille....

— La différence, c'est que moi, il n'est pas question que je reste les bras croisés en attendant que l'avenir soit plus sain pour le Clan !

— Ça, c'est sûr ! dit Rudy. En même temps, c'est toi la Lionne ! C'est toi la tête du Clan. C'est à toi que revient la corvée du grand nettoyage.

— Oui c'est vrai, soupira-t-elle. Bien, je crois que je n'ai pas d'autres choix que d'en apprendre davantage sur le réseau. Et sur les rivaux aussi. Il faut que je sache à quoi m'en tenir quand je retournerai là-bas. Pour ce qui est du domaine, pour le moment on laisse faire Giancarlo. Je ne peux pas tout retenir d'un coup. Donc, d'abord ce que je vais devoir changer en priorité, et après ce que je vais devoir améliorer pour commencer le nettoyage. Vous en pensez quoi ?

— Sage décision princesse, répondit Ivan, le regard admiratif vers sa femme.

— Bien ! Je pense Rudy que tu vas devoir retourner bientôt là-bas pour en savoir plus sur les autres clans influents qui pourraient nous poser des problèmes. J'espère que ça aidera Ernesto aussi. Et surtout, ça permettra à la famille de voir que je ne les laisse pas tomber, que je veille sur le Clan.

— Oui m'dame, répondit Rudy avec un grand sourire.

Les transitions s'annonçaient périlleuses. Bien qu'en Russie Ivan mettait en place petit à petit les premières pierres de sa destitution pour s'émanciper de la mafia, le couple n'avait pas prévu qu'il faudrait s'occuper de l'Italie en même temps. La tâche serait plus ardue pour eux, mais ça ne leur faisait pas peur. Comme toujours, ils arriveraient à gérer les situations de crise en temps et en heure, mais aussi en lieu maintenant. Plus que jamais, le Tigre et la Lionne devenaient des alliés formant une puissance redoutable. Ils s'emploieraient à se faire craindre et respecter par leurs alliés, autant que par leurs ennemis, tout en assurant doublement la sécurité de leur famille.

Julia n'avait plus le choix, ni le temps. Elle devait se forger une carapace pour combattre ses démons, et avoir la force de se rebeller pour ne plus avoir à subir ce système. Durant les semaines qui suivirent, les deux hommes lui apprenaient tout ce qu'elle devait savoir. Il fallait qu'elle ait toutes les cartes en main pour miser et remporter la partie. Ainsi, ils lui expliquèrent en détails l'organigramme du Clan, les salles de jeux clandestines, leur nombre, leur emplacement, leur gérant, leurs bénéfices. Chaque jour, à la demande de Julia, Ernesto téléphonait pour lui faire un compte rendu financier et relationnel de ces activités noires. Pietro et Paolo, ses autres cousins, en profitaient aussi pour lui parler du recouvrement des dettes : comment ça se passait, le montant, les difficultés rencontrées... Après chaque appel, Ivan et Rudy en profitaient pour lui réexpliquer le fonctionnement. Julia détestait ces moments, mais elle prenait sur elle, gardant en mémoire qu'un jour, tout changerait pour le bien être de sa famille, de ses enfants.

Elle était surprise de constater que la plupart des salles clandestines se concentraient sur Lucca, mais surtout qu'il y en avait quelques-unes à Pise et Florence. Malgré la distance entre ces villes, Giacomo avait œuvré à y déployer le réseau sur les ordres d'Alvaro, l'ancien chef. Ce qui avait valu d'accroître par conséquent la colère des rivaux de la famille.

Après un deuxième voyage en Toscane, Rudy commença à lui parler des principaux clans qui cherchaient à faire main basse sur le fief de Toscane, notamment celui de Bologne contrôlant la région de l'Emilia-Romagna et celui de Gênes, implanté en Ligurie. Cela étant, il lui expliqua les problèmes que rencontrait le Clan dans son propre organigramme, surtout celui d'Umberto Beriuni, le père de Gianni auquel Alvaro avait promis la main de sa fille en guise d'accord quelques années auparavant, mais mis à l'écart par la belle au profit d'un russe. Un an avait passé depuis le mariage de Julia et Ivan, et les Beriuni ne décoléraient pas de cette alliance qui leur avait échappé, de ce vaste réseau qu'ils ne pourraient jamais diriger. Ils étaient devenus par conséquent les plus révoltés, les ennemis de la Lionne. Et en tant que tels, ils négociaient avec difficultés des alliances douteuses, afin de faire tomber la Leonessa le jour où elle se montrerait. Car pour l'heure, aucun adversaire du Clan ne pouvait agir, ne sachant pas si elle était réelle. Ainsi, la prophétie devenait un atout pour Julia et son mari. Elle leur laissait le temps de préparer en secret l'arrivée de la jeune femme à sa place de chef, la présence du russe à ses côtés, et créer ainsi un effet de surprise non négligeable pour agir dès la prise de pouvoir officielle de la jeune femme.

Le printemps était enfin là. Les jeunes parents profitaient de leurs jumeaux qui s'éveillaient de plus en plus. Ils prenaient plaisir à regarder Gabriel et Anaëlle jouer, assis dans l'herbe, à l'ombre des platanes du parc de la Bastide. Ces précieux moments leur permettaient d'oublier un peu la mafia. Le couple parvenait à la perfection, à diriger leur fief respectif à distance. Ivan venait à bout des difficultés de Iaroslavl avec intransigeance, et Julia commençait à bien s'imprégner des affaires en Toscane.

Un matin, alors que les deux jeunes gens prenaient leur café sur la terrasse plus amoureux que jamais, Rudy surgit, affolé.

— Dans le bureau ! Vite ! C'est urgent !

Surpris, le couple se regarda un court instant, passa par la cuisine pour embrasser leurs jumeaux qui déjeunaient sous la surveillance d'Alexandra, et rejoignit leur ami dans le bureau, inquiet.

— Qu'est-ce qu'il se passe Rudy ? demanda Julia.

— Ernesto au téléphone, lui répondit-il en lui passant le combiné.

— Si Ernesto, qu'est-ce qu'il se passe ?

— Julia, papa est mort cette nuit.

— Non ! S'écria la jeune femme, en pleurant. Non, ce n'est pas possible ! Le médecin avait dit un an ! Ernesto…ce n'est pas possible !

— Julia, je sais. Écoute. Je pense qu'il a été assassiné….

En entendant son cousin, Julia lâcha le téléphone et tomba assise sur le fauteuil, devenant blême, la respiration saccadée. Voyant sa stupeur, Ivan reprit l'appareil et questionna Ernesto, prenant la main de sa femme dans la sienne et écarquillant les yeux au fur et à mesure que le cousin lui expliquait.

— Ivan, je n'ai pas beaucoup de temps. On n'a

pas beaucoup de temps ! Pietro et Paolo sont partis furieux chercher le médecin pour qu'il rende des comptes. Et pour éviter qu'il ne répande la nouvelle tant que Julia n'a pas pris de décisions. Ivan, faites attention ! On est tous en danger ici maintenant. Il faut faire vite ! On a plus le choix ! Julia doit venir. On a besoin d'elle.

— On te rappelle.

Ivan raccrocha, et serra fort contre lui cette femme qui, en l'espace d'une fraction de seconde, était devenu l'ombre d'elle-même.

— Julia, il faut agir…. Lui chuchota-t-il à l'oreille. Je sais… c'est difficile…Mais tu n'as plus le choix.

— Je dois faire quoi ? lui demanda-t-elle en pleurant.

— C'est le moment. Il faut que tu ailles là-bas.

— Ivan… Je ne peux pas ! Je n'y arriverai pas. C'est trop tôt ! Je ne suis pas prête.

— Chut…. Calme-toi…. Je suis là mon amour. Tu es prête. Et je serai à tes côtés là-bas. Je ne te laisserai pas seule, ne t'inquiète pas….

Ivan attendit quelques minutes, le temps que sa

belle se calme, puis donna ses ordres à Rudy.

— Appelle Jackson. Je veux qu'il prenne les jumeaux dans sa planque à Marseille. Alex et Marianne resteront avec eux. Aucun contact quoiqu'il arrive. Ni avec toi, ni avec nous. Ça vaut pour Marianne aussi ! Je veux qu'ils soient protégés. C'est toi qui les mèneras ; tu t'assureras que tout est en ordre et sécurisé une fois là-bas. Et après tu nous rejoindras à Lucca. Je veux qu'ils partent d'ici dans une heure. Avertis mon père. Que l'Organisation se tienne prête à soutenir le Clan. Et qu'elle reste sur ses gardes aussi. Si les soupçons d'Ernesto sont confirmés, il va y avoir des conséquences en Russie qu'il faudra régler au plus vite.

Rudy acquiesça de la tête, caressa doucement le bras de son amie en guise de compassion, et sortit du bureau pour exécuter les ordres.

Ivan réconfortait sa femme du mieux qu'il le pouvait, la serrant contre lui, l'embrassant sur ses cheveux noirs, la caressant tendrement dans le dos, lui parlant tout bas pour la rassurer. Lorsqu'elle se calma enfin, il prit son visage entre ses mains, et déposa un long baiser tendre sur ses lèvres.

— Julia, il faut que tu rappelles ton cousin. Il attend tes ordres.

— Oui…. Quels ordres ?

— Dis-lui qu'on sera là-bas ce soir. En attendant, qu'ils laissent tomber le médecin, vous vous en occuperez plus tard. Ça risque plus d'éveiller les rumeurs que de maintenir une forme de tranquillité si les autres apprennent que vous recherchez ce docteur. Et il te faut du temps Julia, pour savoir comment agir.

— Nos enfants ?

— Ils partent chez Jackson. Ne t'inquiète pas, ils seront plus en sécurité chez lui qu'avec nous pour l'instant. Je lui fais confiance.

Julia inspira longuement, secoua la tête, cherchant à remettre ses idées en ordres et à y voir plus clair. Le moment fatidique était arrivé pour elle. La Lionne allait reprendre ses droits et se battre. Jusqu'au bout…

Dans la voiture en route pour la Toscane, Ivan ne lâchait pas la main de sa femme. Une manière de la rassurer à sa façon. Il comprenait à quel point c'était difficile pour Julia de se séparer de ses enfants, de les abandonner pour la première fois depuis leur naissance. Ça l'avait été tout autant pour lui. Ils avaient le cœur déchiré, même s'ils savaient que c'était ce qu'il y avait de mieux à faire pour les protéger. Après tout, ils ne faisaient que tenir leur rôle de parents.

Avant de partir de la Bastide, l'italienne avait pris soin de rappeler son cousin Ernesto pour lui indiquer ses directives. Pas question de chercher le médecin douteux, ils s'occuperaient de son cas plus tard. Ne pas fermer les volets de la maison pour ne pas montrer le deuil de la famille tant qu'elle n'était pas sur place. Et la plus importante à ses yeux : ne pas avertir son père avant leur arrivée au domaine. Julia et Giacomo n'avaient à ce jour jamais pu éclaircir un détail concernant ce qu'il s'était passé en Russie plus d'un an auparavant. Elle ne pouvait donc pas à nouveau accorder sa confiance à son père qu'elle soupçonnait de plus en plus d'être un traître pour la famille.

— Tu sais Amore, que je ne suis jamais retournée là-bas depuis plus de quinze ans ?

— Je sais.

— J'ai peur…

— Ça va aller… Je suis là.

— Heureusement… Mais de ne pas avoir les jumeaux avec nous…. Je me sens comme incomplète. Vulnérable.

— Moi aussi. Mais nous n'avions pas le choix. C'était la meilleure décision à prendre ; tu le sais, non ?

— Oui…. C'est sûr.

— Essaie de dormir un peu, ça te ferait du bien.

— Non, je ne peux pas. Mes bébés me manquent trop….

Une larme coula sur la joue de la jeune maman. Lui faire vivre un tel déchirement était cruel. Et quiconque était à l'origine de cette douleur le paierait de sa vie, elle se le promettait.

18

— C'est par là ? Tu en es sûre ?

— Oui, je reconnais le chemin. Un peu plus loin, après le gros rocher, il y a l'entrée à droite. Et si je me rappelle bien, il y a le nom inscrit sur un muret.

Après six heures de trajet, les jeunes gens arrivaient au domaine. En roulant sur le chemin blanc, la belle se remémorait des souvenirs d'enfance. Les vacances passées ici avec ses cousins ; les zalettis de Rosa, la bonne amie de son oncle ; l'odeur des olives mûrissant au soleil, le goût du raisin qu'elle cueillait…

Comme elle lui avait indiqué, non loin de la Via Delle Nubache et après le rocher grisâtre, sur la droite, on pouvait lire sur chaque muret formant une entrée vaste et incurvée, « *Domanio Dei Angeli* ».

— Bienvenu au Domaine Des Anges amore... J'aurais voulu que tu le découvres dans d'autres circonstances.

Ivan s'arrêta et fixa l'horizon. Un long chemin de calcaire, sinueux et bordé de cyprès vert bouteille alignés en guise de brise-vent, conduisait à une vaste demeure perchée sur un petit promontoire, profitant ainsi du soleil des quatre saisons, du vent chaud d'été, de la pluie douce de l'automne, d'une vue imprenable sur la vallée environnante. Autour, il semblait n'y avoir que des vignes à perte de vue.

— Je n'imaginais pas le domaine comme ça !

— Il est dans la famille depuis deux cents ans maintenant. Du moins, je crois. C'est beau quand même, non ?

— Oui, très beau.

Le jeune homme redémarra lentement. Plus ils approchaient de la maison, plus il était impressionné. Il découvrit une bâtisse imposante par sa taille, accueillante par sa façade couleur Terre de Sienne et ses persiennes d'un joli vert amande. Il y avait aussi deux escaliers en pierres blanches, bordés de rambardes en fer forgé rouillé, partant chacun d'un côté pour se rejoindre quelques marches plus haut, face à une large porte en bois vieilli ; l'entrée de l'habitation. Surplombant ce perron, il y avait une alcôve arrondie au fond de laquelle une grande porte-fenêtre était ouverte. Cet édifice semblait se composer de trois étages, et ressemblait à une tour du fait que de chaque côté, de plain-pied, de grandes annexes en pierres apparentes s'étalaient sur une certaine longueur. Le domaine en imposait tant par son architecture majestueuse que ses couleurs flamboyantes.

Ernesto et ses trois frères sortirent pour accueillir la Lionne sur ses terres.

Ivan ouvrit la portière de la voiture, et aida sa femme à en descendre. Elle contemplait cette maison, puis les vignes autour, finissant par l'horizon. Sa peur était partie pour faire place à la nostalgie. Ses cousins lui laissèrent le temps de s'imprégner à nouveau de ces odeurs, cette vue, ces souvenirs qui revenaient, ses terres, son domaine. Mais plus rien ne serait comme avant…

Pietro fût le premier à oser interrompre la mélancolie de sa cousine.

— Bienvenue chez toi Julia.

— Grazie Pietro.

Chacun à son tour vint saluer celle à qui ils devaient désormais soutien et obéissance. Ils accueillirent aussi leur cousin russe sans aucunes réticences, sachant qu'ils n'avaient pas d'autres choix que d'accepter sa place au sein du Clan, honorant la promesse faite à leur père.

— Les enfants ? s'enquit très vite Paolo.

— Ils sont en sécurité, répondit prestement Ivan.

— Rien de nouveau depuis ce matin ? interrogea la nouvelle dirigeante de la famille toscane, d'un ton grave, déterminé.

— Non. Nous avons fait ce que tu nous as dit.

— Bien. Appelez mon père pour l'avertir. Ne lui dites pas que je suis là. Maintenant, nous sommes officiellement en deuil. Faites le nécessaire.

Julia donna ses ordres d'une main de maître. Finalement, elle n'avait jamais oublié qui elle était depuis sa naissance.

Le groupe entra dans la demeure. Le couple fut accueilli par les trois belles-filles de Giacomo, avec des étreintes tristes et silencieuses. Elles semblaient soulagées de l'arrivée de la jeune femme et son mari. Julia cherchait Rosa du regard.

— Où est Rosa ? demanda-t-elle à Francesca.

— Dans la cuisine. Elle t'attend.

La belle se dirigea alors vers la cuisine, et découvrit celle qui avait partagé jusqu'à ce jour la vie de Giacomo, et ce depuis la mort de Maria, sa tante. La vieille femme avait bien changé depuis plus de quinze ans. Julia eut le cœur brisé en constatant la profondeur de sa tristesse. Elle la prit alors dans ses bras, sans un mot, et la serra aussi fort qu'elle le pouvait, pleurant elle aussi sur l'épaule de celle qu'elle considérait comme sa tante.

— Tu es devenue une belle jeune femme Julia. Je suis si heureuse de pouvoir enfin te serrer à nouveau dans mes bras. Tu as manqué au domaine…

— Je sais Rosa, mais ce n'est pas moi qui l'ai voulu ainsi.

— Je suis au courant…

— Merci Rosa.

— Pourquoi ?

— Pour avoir veiller sur Giacomo, et pour t'être occupé des cousins comme s'ils étaient tes propres enfants. Surtout Giancarlo. Au moins, grâce à toi, il a eu une mère aimante et attentionnée.

— Pauvre Maria. Elle ne l'a jamais connu…. Le

petit poussait son premier cri qu'elle rendait son dernier souffle. Maintenant ton oncle l'a retrouvée. C'est une bonne chose.

— Oui, tu as raison.

Les quatre fils de Giacomo discutaient avec Ivan dans le salon quand Julia les rejoignit.

— Ernesto, tu as téléphoné à mon père ?

— Si Julia. Je l'ai averti, mais je ne lui ai pas parlé de nos soupçons sur l'empoisonnement de papa.

— Il arrive quand ?

— Demain matin à la première heure.

— Ok. Ça ne laisse pas beaucoup de temps, mais il va falloir faire avec. On ne lui dit rien. Si vous avez des informations à me dire, faites-le uniquement en privé. Je refuse qu'il sache quoi que ce soit. Maintenant, on retrouve le médecin ! Je veux savoir ce qu'il a fait ! Et surtout, sur ordres de qui !

— Je m'en charge, répondit Pietro.

— Il faut que tu me le ramènes avant que mon père arrive.

— Oui. J'ai compris.

— Dès que Pietro sera revenu, plus personne ne quitte le domaine. Avant d'être un Clan, nous sommes une famille en deuil. Nous restons ensemble. Plus de communications avec l'extérieur. Il se peut que nous soyons tous en danger ; il faut qu'on se protège ensemble.

— C'est surtout toi qui es en danger Julia ! C'est toi la Lionne. Pas nous. Répondit Paolo.

— Personne ici ne sait qui je suis. C'est le seul avantage que nous ayons pour le moment. Donc on part du principe que nous sommes tous visés. En restant tous ici, nous serons plus fort pour nous défendre au cas où.

Julia, sous les yeux des quatre frères, prit soin de remettre la chevalière du Clan à son doigt, mais aussi celle de l'Organisation. Aujourd'hui plus que jamais, l'Italie avait besoin du soutien de la Russie, et le Tigre, en portant lui aussi les chevalières, rassura la Lionne sur son complet dévouement envers la Toscane, en ce moment charnière dans l'histoire de la famille italienne.

Pietro partit accomplir sa mission. Julia et Ivan, à contrecœur, se décidèrent à aller veiller un moment le défunt. La jeune femme fût surprise de voir le visage de son oncle. Il semblait serein, apaisé. Elle s'approcha de lui pour déposer un léger baiser sur son front froid. En lui caressant doucement la main, elle le remercia d'avoir veillé sur elle toutes ces années, à sa façon. Elle le remercia aussi de l'avoir guidé, soutenue, et permis d'accéder à son rang. Elle se retourna vers son mari qui était resté en retrait par respect, et lui sourit tendrement.

— On y arrivera ?

— Oui Julia. On y arrivera. Chaque jour qui passe, tu gagnes une bataille contre toi-même. Il est temps que tu deviennes celle que tu dois être. Prends conscience de ça Julia. Crois en toi. Tu en es tout à fait capable. Alors vas-y, fonces. N'aies pas peur. Car personne ne pourra t'arrêter dans ton envol désormais.

Elle se blottit alors dans les bras du jeune russe, posa la main sur son cœur, soulagée de l'avoir près d'elle, et inconsciemment chercha à récupérer un peu de sa force. Ivan l'embrassa légèrement sur ses cheveux soyeux.

— Il faut que tu te reposes maintenant. D'autres journées difficiles s'annoncent.

Dans la chambre, assis sur le bord du lit, Ivan admirait sa femme occupée à se changer.

— Julia ?

— Quoi ?

— Pourquoi tu n'as pas voulu avertir ton père plus tôt pour son frère ?

— J'ai mes raisons.

— Je m'en doute bien chérie. J'ai bien compris que tu l'as écarté du Clan pour ce qu'il t'a fait jusqu'à ce qu'on se marie. Mais quand même… C'est son frère qui vient de mourir ! Je ne comprends pas.

— Dis-toi que c'est pour ce que tu viens de dire, amore.

— Tsssst ! Julia, tu oublies que je te connais, lui répondit Ivan avec un petit sourire, attrapant sa femme pour la ramener vers lui. Je sais que ce n'est pas pour ça. Alors dis-moi pourquoi.

Julia inspira et expira profondément. Elle aurait voulu régler cette histoire sans que son mari le sache. Elle voulait l'épargner certainement. Elle s'assit près de lui et lui prit les mains.

— Parce que je crois que c'est mon père qui a fait

assassiner le rebelle russe quand on était à Iaroslavl.

— Bolianov ? Non ! Ce n'est pas possible puisque c'est Giacomo qui l'a fait. Pour appuyer ta place à la tête de l'Organisation.

— Non amore. Le jour de notre mariage, il m'a juré n'y être pour rien. Et je le crois. Tout ce qu'il a fait là-bas, c'est ce qui était convenu entre vous : me protéger.

— Mais enfin, tu te rends compte de ce que tu dis là ? Ce n'est pas possible ! Il n'aurait pas pu te faire ça. Il n'y avait aucun intérêt à faire tuer un rebelle sans courir le risque de te mettre un peu plus en danger ! Et Giacomo l'aurait forcément su.

— Réfléchis amore. En faisant ça, il suscitait un peu plus de rébellion au sein de l'Organisation qui pouvait croire que ça venait des italiens. Ce qui pouvait te briser, toi et ta famille. En plus, il jetait le discrédit sur le Clan, ce qui me mettait plus en danger, tant en Russie qu'en Italie. Et il pouvait m'évincer du Clan et de l'Organisation, sans que personne n'y voit que du feu. Je pense qu'il a essayé de déclencher une guerre entre nous pour nous séparer, nous évincer, et reprendre le contrôle derrière nous. Ici comme là-bas.

— Mais il n'y a rien eu de tout ça. C'est n'importe quoi !

— Parce que toi et Giacomo avaient géré la crise assez rapidement pour éviter le carnage. Mon oncle, dès qu'il a su, a très vite rassuré les russes de la non-implication des italiens dans cette affaire.

— Il ne m'en a jamais rien dit !

— Je sais amore.

— J'ai quand même du mal à croire que ton père ait pu faire ça…. Ivan secouait la tête de déni.

— Ce n'est pas tout…. Si je ne l'ai pas mis au courant plus tôt pour mon oncle, c'est parce que je pense qu'il y est, là aussi, pour quelque chose…

— Mais enfin, Julia ! C'était son frère !

— Je suis sa fille, et pourtant….

On frappa à la porte de la chambre. La jeune femme alla ouvrir.

— Julia !

— Quoi Pietro ?

— Le médecin….

— Quoi Pietro ? Il est où le doc ? demanda alors

le russe sèchement.

— Il est mort !

— Quoi ? s'écria Julia.

— J'ai été à son appartement. Il y avait plein de flics. Il y en a un, je l'ai entendu dire qu'il s'est pendu ! Soi-disant un suicide !

— Comment ça, « soi-disant » ? s'énerva Ivan.

— Parce que je suis resté jusqu'à ce qu'ils emmènent le corps. Et là, le légiste, il a dit au flic…

— Bon sang Pietro ! Il a dit quoi ?

— Que c'était difficile de se pendre après avoir eu les sacoches coupées…

Julia devint livide en entendant les explications de son cousin. Ivan la regarda, et la retint de tomber. Les deux jeunes gens se fixèrent longuement.

— Tu vois amore, tu comprends pourquoi maintenant, lui souffla-t-elle en tremblant.

— Oui princesse... J'envoie un message à mon père. Il faut qu'on prépare l'intervention de l'Organisation. Ça ne peut pas continuer !

— Non ! Pas maintenant Ivan, rétorqua la Lionne. Qu'elle se tienne prête, mais pas d'intervention maintenant. Pas de règlement de comptes. Il faut que le Clan tente de gérer ça seul … Oh mon dieu !

— Qu'est-ce qu'il y a ? s'inquiéta Pietro.

— Les jumeaux…

— Rudy ne devrait pas tarder à arriver. Il nous en dira plus. Mais ne t'inquiète pas, ils sont en sécurité. Crois-moi, ils ne risquent absolument rien.

— Pietro, dis à la famille que je veux tous vous voir dans la grande salle. J'ai bien dit tous !

— Même Rosa et nos femmes ?

— Toute la famille ! Maintenant.

Pietro s'exécuta. Julia retourna s'asseoir sur le lit.

— Amore, dis à ton père qu'il faut qu'il vienne à l'enterrement, avec Boris et Stanislas. Il faut qu'on montre que j'ai le soutien de l'Organisation. Il faut que le traitre, s'il y en a bien un, voit qu'il est seul face à la puissance des russes et des italiens réunis.

— D'accord, répondit Ivan en prenant déjà son téléphone.

— Le Tigre et la Lionne ne font qu'un désormais. Il paiera pour tout ce qu'il nous a fait ! Même si pour cela son sang doit couler sur mes mains !

Au même moment, Rudy arrivait enfin au domaine. Il courut rejoindre ses amis à l'étage. Ivan lui ouvrit la porte.

— Les jumeaux vont bien. Tout est sécurisé, ils ne risquent rien. Jackson m'a dit de te transmettre ses condoléances Julia. Il a dit aussi de ne pas te faire de soucis pour les bébés, il veillerait sur eux comme sur sa propre vie. Et si on a besoin, il peut nous envoyer des hommes. On peut compter sur son aide s'il le faut.

— Parfait, répondit Ivan. Avant de descendre, il faut qu'on te mette au courant de quelque chose. On ne veut pas que tu sois surpris à la réunion de la famille tout à l'heure.

— Oui, quoi ?

Rudy s'inquiéta du ton solennel de son ami. C'est la jeune femme qui expliqua tout à Rudy. Ses soupçons, le médecin, le traitre, l'appui de la Russie. Le jeune homme était sans voix.

— Rudy, tu vas venir dans la salle avec nous. Tu vas assister à la réunion familiale. Je veux que tu observes tout le monde. Et si tu penses que l'un d'eux est un traitre, tu nous en parleras après, entre nous.

— Ok, même si ça me semble très improbable qu'il y en ait un ici !

— Pourquoi ?

— Tu ne crois pas que je m'en serais déjà aperçu depuis que je viens au domaine ?

— Oui mais là, il faut que j'en sois sûre.

— Je comprends.

Ils descendirent rejoindre le reste de la famille dans la grande salle.

Ils étaient tous là. Certains visages étaient soucieux, d'autres laissaient transparaître la tristesse de ces dernières vingt-quatre heures. Julia les regarda tous, sans exception. Comment leur dire ? Comment leur annoncer ce qu'elle pensait de son père ?

Elle se dirigea vers le bout de la table, là où serait dorénavant sa place. Mais elle ne voulut pas s'y asseoir, par respect pour Giacomo qui reposait dans la chambre à côté. Ivan se tenait à côté de sa femme, pour lui donner le courage d'affronter les réactions de sa famille.

—Tu ne veux pas qu'on attende Alvaro ? lança

timidement Giancarlo.

— Non, justement ! rétorqua la Lionne. Je préfère qu'il ne soit pas là pour vous parler.

— Mais il fait aussi partie du Clan Julia, il est de la famille.

— Peut-être, mais pour le moment sa place n'est pas ici. Je pense qu'il y a un traitre parmi nous, et je crois que c'est lui.

—Tu n'es pas sérieuse quand même ! s'interloqua Ernesto. Tu parles de ton père là !

— Je le sais très bien Ernesto. Mais trop de coïncidences font que….

— Ivan, toi aussi tu penses la même chose ?

—Écoute Ernesto, il faut reconnaître que les arguments de Julia sont plausibles. C'est vrai que c'est troublant.

— Mais toi Ivan, en tant que chef de l'Organisation, tu crois sincèrement qu'Alvaro, ton propre beau-père, puisse trahir le Clan ? Interrogea Paolo, dubitatif.

— Je n'ai aucune preuve pour l'affirmer. Je dis juste que c'est possible, et il ne faut pas le négliger, surtout en ce moment.

— Julia, qu'est-ce qui te fait croire une pareille connerie ? S'énerva Pietro.

— Le médecin a été assassiné de la même façon que Bolianov, un rebelle de l'Organisation à Iaroslavl, il y a plus d'un an. Ça s'est passé quand j'ai pris ma place aux côtés d'Ivan... J'avais menacé cet homme de lui faire subir ce qui lui a été fait, et ce qui a été fait au docteur.

— Ton père était au courant de ça ? Demanda Paolo.

— Pas par Giacomo, ni par les Stokowitch en tout cas. Mais il a pu savoir autrement.… Un autre insurgé peut-être… peu importe ! Ce que je veux surtout vous dire, c'est que plus que jamais nous sommes tous en ligne de mire. Quand mes parents arriveront, en aucun cas je ne veux qu'ils soient au courant de l'assassinat de Giacomo. Ni de ce qui est arrivé au médecin. Cela nous protègera un peu. De plus, j'ai demandé à Ivan de faire en sorte que l'Organisation se tienne prête à nous aider si on en a besoin. Les russes dorénavant sont nos alliés. On ne peut pas laisser une quelconque guerre s'instaurer entre nous. À mon avis, on aura bien assez à faire avec les autres réseaux italiens. L'américain nous prêtera main forte si c'est nécessaire. Mon père ne doit plus être au courant de quoi que ce soit concernant le Clan et mes décisions. Ça vaut pour tout le monde ici.

— Si vous apprenez quoi que ce soit, avertissez-nous immédiatement et en privé, rajouta Ivan le visage grave. Parce que selon ce que c'est, il nous faudra agir immédiatement. Le temps n'est pas de notre côté en ce moment. Il faudra savoir être réactif.

L'atmosphère s'était alourdie du doute que la jeune femme venait de semer dans l'esprit de chacun. Toute la famille consentit et se plia à la décision de la Lionne, montrant de ce fait leur respect envers leur nouveau leader.

Chacun alla se coucher, se préparant d'ores et déjà aux difficultés des jours à venir. Seul le couple Stokowitch et leur homme de confiance préférèrent s'isoler dehors, assez loin de la maison, à l'écart d'oreilles indiscrètes. Toutes les précautions étaient bonnes à prendre.

— Alors ? demanda Julia à Rudy, impatiente d'avoir son opinion.

— Comme je te l'ai dit tout à l'heure. Franchement, je ne pense pas que ta famille soit en cause dans tout ça. Je n'ai rien vu qui laisse soupçonner le contraire.

— Mon père vient de m'envoyer un message. Boris et Stan sont partis se renseigner pour savoir si ça peut venir des rebelles. Mais il a un doute lui aussi. Il ne pense pas que ça vienne de Russie. Ils nous tiendront au courant quand ils viendront à l'enterrement.

— Ok, soupira l'italienne.

— Écoute Julia, reprit Rudy, il est possible que ton père soit mêlé à tout ça. Mais as-tu envisagé une autre hypothèse ?

— Laquelle ? Répondit-elle, surprise.

— Que ce soit quelqu'un d'extérieur à la famille.

— Umberto Beriuni ? interrogea Ivan.

— Par exemple…

— Pas possible ! Rétorqua alors le russe. Il ne savait rien de ce qu'il se passait à Iaroslavl.

— Ou alors quelqu'un d'extérieur au Clan. Un de tes rivaux par exemple. Comme les Génois.

— Non, franchement à part mon père, je ne vois

vraiment pas qui aurait pu faire ça. Ni même pourquoi.

Leur conversation continua un petit moment encore, puis Rudy laissa le couple seul près des vignes.

Ivan prit sa femme dans ses bras et la serra contre lui. Il avait envie d'elle, mais ce n'était ni le moment, ni le lieu ; il le savait. Mais il ne put s'empêcher de l'embrasser longuement, la caressant tendrement. Julia appréciait les gestes affectueux de son mari. Ce moment qui n'appartenait qu'à eux la revigorait, lui faisant un peu oublier les derniers évènements, et le manque terrible de ses enfants. Le Tigre était devenu la force de la Lionne sur les terres toscanes, tout comme elle l'était pour lui sur le fief russe.

Lorsqu'Alvaro et Monica arrivèrent, tout le monde était déjà levé. Tous portaient le deuil, vêtus comme la coutume l'impose de cette sinistre couleur noire. Les volets étaient mis en cabane, indiquant ainsi la présence d'un mort dans la maison. L'ambiance était calme et silencieuse au domaine. On avait demandé aux enfants de ne pas faire de bruit. Les adultes se relayaient auprès du défunt pour le veiller. Tous suivaient la tradition.

Les parents de Julia furent surpris de constater que leur fille et son mari étaient déjà là, tout autant qu'ils furent déçus de ne pas voir leurs petits-enfants restés en France.

— Le moment aurait été mal choisi pour leur première venue au domaine ! avait alors rétorqué Ivan, désormais méfiant vis à vis de son beau-père.

Suivant les ordres de la nouvelle Marraine du Clan, personne ne dit aux nouveaux venus que Giacomo n'était pas mort naturellement. Personne ne mentionna même le médecin de l'oncle. En apparence, le frère d'Alvaro était simplement mort d'une complication due à son cancer, rien de plus. Et la rumeur serait la même pour les détracteurs de la famille.

Deux jours après, on enterrait Giacomo.

À la demande de Julia, pour la sortie de l'église, les quatre fils ainsi que Rudy et Ivan, portèrent le cercueil. Le Clan marquait ainsi le lien familial avec la Russie. Derrière suivaient Rosa et les femmes de la famille, Alvaro et Monica, et pour marquer le soutien de l'Organisation vis à vis du Clan, Ivan sénior entouré de ses gendres. Ce qui relevait de la provocation pour certains membres du réseau toscan présents. Il était évident que seul Ernesto, le fils aîné de Giacomo, deviendrait leur nouveau Parrain. De ce fait, les russes n'avaient rien à faire dans cette église.

Aux yeux de l'assemblée, la Lionne légendaire n'était pas là. Un mythe ne pouvait pas être présent. Après tout, cette histoire farfelue n'était fondée que sur des rumeurs qui avaient été déformées, amplifiées, arrangées à toutes les sauces selon qui narrait ce récit. Ces rumeurs qui étaient soi-disant nées des paroles d'une vieille folle agonisante et qui se perpétuaient depuis plus de deux cents ans.

Cachée par son long voile noir, Julia regardait ce qui devait être vu, et observait ce qui ne devait pas se voir. Elle vit Umberto et son fils Gianni qui semblait chercher quelqu'un dans la procession. Elle vit aussi d'autres membres de son réseau dont elle ne se rappelait plus le nom. Et puis elle remarqua des hommes, une bonne quinzaine au moins, qui semblaient plus intéressés par le cortège funèbre que prier pour l'âme du défunt. Elle ne savait pas qui ils pouvaient être, mais leur présence n'était certes pas anodine. Puis le choc. Au fond de l'église, trois hommes. Au passage du cercueil, ils se tournèrent et baissèrent la tête. Cette vision glaça la jeune femme qui reconnut trois membres de l'Organisation, dont un des rebelles. Instinctivement, elle regarda en direction d'Ivan qui leur adressa un léger signe de tête en retour. Elle eut un frisson de panique en se demandant ce qu'ils pouvaient faire ici, en Toscane, à l'enterrement de son oncle. Elle se retourna brièvement vers son père. Il les ignora, semblant ne pas les connaître. Mais elle n'était pas rassurée pour autant. Elle se mit à penser aux jumeaux, espérant qu'ils soient toujours en sécurité à Marseille chez l'américain. Après tout, s'ils avaient pu venir jusqu'ici, ils pouvaient très bien aller jusqu'à là-bas et... Elle imagina le pire et se mit à pleurer, ne pouvant retenir cette vague de larmes qui se déversaient sur ses joues pâles et creuses. Pour tenir debout jusqu'à la fin, elle prit le bras de Stella qui lui prit la main en retour, et la serra pour la réconforter.

La cérémonie au cimetière parut durer une éternité pour Julia. Elle n'écoutait plus ce que le prêtre disait, trop occupée à dévisager les personnes présentes en grand nombre. Elle cherchait les trois russes. Ils étaient toujours là. Elle croisa brièvement le regard de Boris, puis celui de son beau-père. Ils n'avaient pas l'air inquiets.

Le cérémonial se terminait. Les hommes procédèrent à la mise en caveau du cercueil. Un dernier recueillement, une dernière prière, et le bal des condoléances commençait. Ivan et sa femme laissèrent le reste de la famille recevoir l'hypocrisie de la plupart des personnes présentes. Main dans la main, ils retournèrent près de leur voiture. Ils observaient la file indienne que formaient ces individus.

— Ivan, regarde ! s'exclama soudain la jeune femme en montrant d'un signe de la tête les trois russes qu'elle avait déjà remarqués à l'église.

— Oui, j'ai vu.

— Qu'est-ce qu'ils font là ?

— Je n'en sais rien.

— Comment ont-ils su ? Ton père ?

— Non, pas par ma famille en tout cas. Je ne sais pas comment ils ont pu savoir. Par les autres familles italiennes je suppose. Julia, tu dois comprendre que c'est le genre de nouvelle qui se propage plus vite que le feu avec du vent. La convoitise en est le déclencheur, et les négociations sordides en sont l'accélérant.

— Mon dieu ! Les enfants !

— Ils ne risquent rien. Sois tranquille princesse.

— Mais s'ils ont pu venir ici...

— Ils ne pourront pas passer la forteresse de Jackson. Sa maison est mieux gardée que l'Élysée !

— Tu en es sûr ?

— Oui Julia. J'en suis certain, répondit Ivan en regardant tendrement sa femme pour la rassurer. Viens, on rentre, ça vaut mieux. Je ne veux pas qu'ils viennent vers nous.

Le gaillard russe fit signe à Rudy de les rejoindre. Ils montèrent tous les trois dans le véhicule, et rentrèrent au domaine.

Le Clan était réuni dans la salle. Ils venaient tout juste d'arriver que Julia les convoquât. Tous les hommes s'assirent autour de la grande table. La Lionne se tenait debout, au bout de l'imposant plateau en chêne, son mari à ses côtés. Adossé au mur, Rudy était aussi de la réunion.

Ils regardaient tous la jeune femme, attendant ses instructions. Elle frottait lentement le dossier de ce fauteuil sur lequel elle n'arrivait pas à s'asseoir. Pas encore. Elle respirait lentement. Elle était triste. Elle réalisait qu'elle ne verrait plus son oncle, son protecteur. Elle ferma les yeux. Sa tête se mit à tourner. Elle ressentit à nouveau une légère caresse sur son dos. Cela faisait longtemps qu'elle n'avait pas eu cette impression. La douceur d'une vague chaleur parcourut son corps. Elle attendit un instant. Puis elle l'entendit.

La mort engendre la renaissance. Tout n'est que continuité. Forte de ma puissance, un jour anniversaire je reviendrais. Tu peux le faire Julia. Je suis là. N'aies pas peur.

— A l'église, j'ai vu qu'il y avait un groupe d'hommes, dit enfin l'italienne. Une quinzaine environ... Qui sont-ils ?

— Les gérants des salles de Lucca, répondit Pietro. Mais ils n'étaient pas tous là.

— Ok. Bien. J'ai vu aussi les autres familles. Celles de Gênes et Bologne je suppose. Ils avaient l'air de me chercher. Enfin.... Je veux dire de chercher La Leonessa.

— Ils ne savent rien encore. répondit Paolo. Papa a fait en sorte que personne ne sache....

— Parfait. Je suppose qu'ils pensent que c'est Ernesto le chef maintenant... ou mon père, dit-elle en fixant celui qu'elle pensait être un traitre.

— Oui.

—Très bien ! Ça m'arrange de savoir qu'ils se trompent lourdement. La surprise n'en sera que meilleure ! (Elle ferma à nouveau les yeux quelques secondes) Il va falloir reprendre très vite les affaires en main. Trois jours, c'est trop long.

— Tu ne veux pas respecter un minimum la période de deuil ? s'enquit tristement Giancarlo.

— Non. Trois jours c'est déjà beaucoup trop. Je ne veux pas relâcher la pression sur le réseau.

La réunion fut perturbée par un bruit de moteur. Plusieurs moteurs. Ernesto se leva et regarda par la fenêtre.

— Les vautours ! Ils sont déjà là ! ragea-t-il.

— Julia, qu'est-ce qu'on fait ? demanda Giancarlo, inquiet.

— Ernesto, va les accueillir, et trouve le moyen de les garder cinq minutes dehors. Paolo, va chercher Rosa, ma mère et mes cousines. Je veux qu'elles soient présentes. Giancarlo, tu es le plus jeune, le plus vulnérable. Viens près de moi. Que les choses soient claires. Nous sommes une famille, et nous sommes en deuil, les hommes autant que les femmes. Si elles pleurent, laissez-les faire ! Vous les consolerez. Toute la famille se tiendra debout. On va leur montrer que les Del'Angelo ne cèderont rien.

Tout le monde s'exécuta. Julia appela Rudy.

— Je veux que tu restes près d'Ivan. Je veux que l'Organisation soit représentée tout autant que le Clan.

Puis elle regarda son mari, un peu perdue.

— Si tu me lâches…

— Jamais mon amour. Jamais je ne te lâcherai. Je t'aime trop pour ça, lui répondit-il doucement.

— Tu restes près de moi, hein ?

— Toujours, je serai toujours près de toi…

La famille s'était regroupée au grand complet au bout de la pièce, entourant la jeune femme et son mari. Les membres du réseau toscan s'avancèrent, suivis des Parrains de Gênes et Bologne

— Nous sommes venus présenter nos condoléances à la famille. Et nous sommes venus rencontrer le nouveau Parrain, dit alors l'un des chefs en tournant ses yeux vers Ernesto.

— Alors je suis celle que vous vouliez rencontrer, affirma de manière autoritaire Julia. C'est moi désormais qui reprends le Clan en main. Je suis la Marraine du réseau toscan.

La belle italienne jouit un instant de l'effet de la

surprise. Tout comme Ivan et le reste de la famille au complet. Les visiteurs se regardaient, ne sachant plus comment réagir. Ils étaient stupéfaits de cette annonce faite sans détour, dépourvus de réparties face à la légende devenue réalité.

— Je vois bien que vous êtes venus avec vos fils, mais où sont vos femmes et vos filles ? continua la jeune femme, gardant une attitude dédaigneuse envers ses sbires déconfits. N'ont-elles donc pas reçu l'éducation nécessaire pour venir présenter, elles aussi, leurs condoléances à Ma famille ?

— C'est que…

— C'est que quoi ? Vous ne trouvez rien à répondre ? Vous et vos traditions archaïques… Bien ! Quand vos femmes et vos filles seront capables de venir tout comme vous, à ce moment-là ma famille acceptera de recevoir vos hommages. Sur ce, je ne vous retiens pas.

Les hommes s'en retournèrent honteux, rabaissés, humiliés par une jeune femme qui n'était autre qu'une vérité, ayant en plus le soutien d'une famille influente russe.

— Bon, ça ne nous laisse pas beaucoup de temps ça ! Pietro, demain, toi et Paolo vous m'emmenez faire le tour des salles. Je veux rencontrer les gérants au plus vite, maintenant que la nouvelle va se répandre comme une traînée de poudre. Amore, avec Rudy, je voudrais que vous commenciez à travailler avec Giancarlo et Ernesto sur les possibilités du domaine, et sur les comptes.

— Ok, répondit Ivan avec un grand sourire de satisfaction, admiratif.

— Et moi Julia ? demanda alors son père.

— Si tu veux, tu peux rentrer en France. Je n'ai pas besoin de toi, lui répondit-elle sèchement.

C'était officiel, la Lionne avait repris sa place. Elle allait commencer à transformer son monde…

Après la réunion familiale, chacun partit s'occuper à sa façon. Tous cherchaient à s'isoler pour souffler un peu, s'aérer l'esprit, se ragaillardir. Julia et Ivan firent pareil. Après s'être changés, la belle emmena son mari visiter le domaine. Comme des amoureux du premier jour, main dans la main, elle lui montra les deux grandes bâtisses. L'une n'était autre que le chai du domaine. Quelques énormes fûts en chêne dans lesquels vieillissait la récolte de l'année précédente, étaient posés côte à côte. Il y avait une odeur de vin un peu âcre. Giancarlo, qui avait préféré s'isoler dans son élément, en profita pour leur expliquer ce qu'il faisait, ce qu'il espérait. Ses yeux pétillaient, dévoilant tout l'amour qu'il avait pour ses vignes. Il leur fit goûter une production du domaine veille de trois ans à peine. Julia n'appréciant pas le vin, n'y trouva aucun goût particulier, contrairement à Ivan qui sut reconnaître certaines notes, mais qui dût admettre que le vin en lui-même n'était pas assez bon. Trop immature certainement.

Le couple continua la visite en entrant dans l'autre annexe. Elle était immense, mais vide. La belle ne se rappelait pas y être venue étant petite. Mais peu importe ; tout ce qu'elle y vit, c'était une dépendance inexploitée qui pourrait peut-être servir un jour.

Ils se promenèrent ainsi dans les vignes, les champs d'oliviers derrière la maison. Ils étaient enfin seuls, à nouveau dans leur monde, même si les jumeaux leur manquaient cruellement. Ils cheminèrent ainsi une bonne partie de l'après-midi. L'italienne racontait ses souvenirs, ses impressions. Le russe l'écoutait, toujours avec le même regard tendre, les mêmes gestes délicats. Ils atteignirent un autre promontoire, où les ceps de vignes doraient sous le soleil déclinant. Ivan entraina sa femme vers un rocher plat recouvert d'une couche de lichen sur lequel il prit place. Elle s'assit entre ses jambes, et se blottie contre son homme.

— Moya printsessa, si tu savais à quel point je t'aime...

— Moi aussi amore...

— Et à quel point je suis fier de toi.... Tu as réussi Julia. Tu as repris les commandes.

— Mais le danger est toujours là.

— Oui, mais un jour on saura. Et on pourra faire le nécessaire.

— Oui, je l'espère....

Alors la belle se retourna, plus amoureuse que jamais de cet homme qui était son tout. Elle passa ses bras autour du cou de son mari, et l'embrassa passionnément. Le désir de ce corps musclé et protecteur se faisait de plus en plus puissant. Elle avait envie de le dominer, de le surprendre. Elle avait besoin de se sentir vivante, et à sa façon, elle fit comprendre à son amant ce qu'elle attendait de lui. Elle lui enleva son polo, caressa son torse cherchant parfois à le griffer. Elle l'incita à s'allonger sur la pierre, dirigea ses mains vers sa ceinture, commença doucement à la détacher. Elle plongea ses yeux dans le regard azuré de son russe, enleva sa robe, dégrafa son soutien-gorge, et se lova contre son corps brûlant de désir. Fou d'envie, il ne mit pas longtemps à répondre aux attentes de sa femme. Il couvrit de baisers et de caresses ce corps qui ondulait sur lui, entre ses bras. Il se laissait dominer avec délectation, raffolant de la sensualité et du plaisir qu'elle lui procurait dans ses mouvements tantôt indolents, tantôt exaltés. Chaque gémissement qu'elle murmurait l'excitait un peu plus, et augmentait son ardeur à la satisfaire. Ils firent l'amour sur ce rocher posé au milieu des vignes, sur les terres de la Lionne, jusqu'à ce que le soleil rougissant atteigne l'horizon.

20

Vêtue d'un pantalon slim noir, de bottes à talons, d'un corsage blanc et d'une veste en cuir marron, la belle jeune femme paraissait plus impitoyable que jamais. Attendant ses deux cousins, le visage fermé, elle s'était adossée contre le capot du 4x4, et jouait avec le trousseau de clés pour canaliser son stress. Aujourd'hui, elle se jetait dans le grand bain en tant que chef du Clan Del'Angelo; elle partait pour la première fois sur le terrain, voir ses salles, ses gérants, les comptes, les recouvrements. Elle se remémorait sans cesse la façon de faire de son mari et de la famille Stokowitch avec l'Organisation, afin d'en tirer parti pour que ses obligations se passent au mieux. Elle se remémorait aussi les trois règles qu'Ivan lui avait enseignées lorsqu'elle l'avait accompagné lors d'une inspection finissant en découverte macabre. Elle devrait les appliquer afin de se préserver. Mais surtout d'assumer son rôle, seule.

Pietro et Paolo la rejoignirent enfin.

— Ça y est ? Ivan vous a donné ses instructions ? demanda Julia sarcastique.

Les deux frères ne lui répondirent pas, sachant raisonnablement que ça ne servirait à rien, puisqu'elle se doutait bien de l'inquiétude de son mari pour sa première inspection.

— Je conduis, reprit-elle. En chemin, vous m'expliquerez au fur et à mesure l'agencement des lieux. Il faut qu'ils pensent que j'en sais bien plus que ce qu'il en est réellement. J'ai des années à rattraper !

Julia avait décidé de s'en tenir uniquement à la moitié des salles de Lucca. Le peu de tripots situés à Florence et Pise ne l'intéressait pas. Elle savait qu'elle les céderait au plus vite, même si elle ne supportait pas ces négociations scabreuses obligatoires dans le Milieu. Elle n'aurait pas d'autres solutions que d'en passer par des malversations pour obtenir l'affranchissement de sa famille.

N'oublie jamais à quel point je t'aime princesse, ça t'aidera.

En se garant non loin du premier bouge, à l'extérieur de la fortification en briques rouges du centre-ville, elle repensa à ces mots que son mari lui avait murmurés à Iaroslavl. Il avait raison. Y penser l'aidait à rester forte. Même s'il n'était pas près d'elle à cet instant, il était quand même là, dans son cœur, dans ses pensées, à chaque instant ; et ça la rassurait.

— Pietro, tu viens avec moi. Paolo, attend près de la voiture et regarde bien autour. À mon avis, les ordures ont dû commencer à envoyer leurs sbires sur notre territoire.

— Si Julia.

La tête haute et le port altier, Julia avança d'un pas décidé vers une ruelle située non loin de La Piazza Del Anfiteatro, accompagnée de son cousin.

Regarde ce que tu vois, et observe ce que tu ne dois pas voir. Ça te protègera.

La règle essentielle aujourd'hui. Priorité à la protection.

En entrant dans ce petit café, la Lionne regarda, observa, le visage durci. Elle vit l'entrée de la salle de jeux au fond du bar, au-dessus de laquelle une petite ampoule rouge était éteinte pour indiquer qu'à cette heure, elle était fermée. Elle vit trois vieux qui picolaient déjà en jouant aux cartes au milieu d'une décoration désuète et un mobilier sommaire pour l'apparence. L'horloge murale ne fonctionnait pas. Elle aperçut un gars assis vers une autre porte située à gauche de l'entrée du bar, après le comptoir en formica. Il lisait un journal. Le garde de l'antre du gérant. Pietro suivait, avec le regard reflétant la colère qui n'avait fait que s'accroître depuis l'assassinat de son père et les suspicions de sa cousine sur la fidélité au Clan de son oncle. En passant devant le comptoir, la jeune femme ne détourna pas les yeux de son but : la porte gardée.

— C'est privé ici ! s'écria en italien le serveur qui s'occupait en essuyant des verres. Vous n'avez pas le droit ! Stop !

— Ne vous énervez pas. Nous savons où nous allons, rétorqua sèchement la belle sans pour autant détourner les yeux de l'entrée du bureau.

Pietro fit signe au gardien de la porte de ne pas bouger. Ils entrèrent sans frapper.

— Madre di Dio ! La Leonnessa ici ! Enchanté Signora Del'Angelo, balbutia le tenancier.

— Stokowitch ! Signora Stokowitch. Je veux voir

les livres de comptes. Et pas ceux de ton bar pourri !

— Si, si… Le gérant sortit un petit cahier rouge d'un tiroir de son bureau en tremblant. Le voici.

Julia le passa directement à son cousin sans même y jeter un œil. Elle observait ce qui ne devait pas être à sa vue dans cette pièce de belle taille qui ressemblait plus à une galerie d'art moderne qu'un bureau d'escroc. Mise à part une décoration d'un goût hétéroclite et farfelu, elle ne vit rien de probant.

— Bien, dit soudain Pietro. Où en sont les petits depuis la semaine dernière ?

— On en a récupéré une partie. D'ici une dizaine de jours, on aura tout renfloué, répondit l'homme au visage creux rougi par un excès d'alcool, au regard cerné par des nuits de débauches interminables.

— Pas de nouveaux dépassements ? continua Pietro.

— Si, un.

— Combien ?

— Il en est à 9500.

— Alors il est désormais interdit de salle tant que la dette n'est pas effacée, interrompit Julia. Pietro, prend le dossier. Je m'occuperai personnellement du recouvrement.

Elle fixa alors l'homme plutôt petit, et sur un ton très calme, acheva la courte visite.

— Navrant de constater qu'on entre ici comme dans un moulin ! Je n'apprécie guère. Pietro, mes salles doivent être mieux sécurisées. Fais le nécessaire.

Elle tourna les talons et sans rien ajouter, sortit de ce bureau et se dirigea vers la sortie du bar, son cousin emboitant ses pas.

Elle lança les clés à Paolo, et s'installa à l'arrière du véhicule.

— Tu as vu quelque chose Paolo ?

— Non Julia. Rien.

— Parfait. Garde l'œil quand-même.

— Alors ? Comment ça s'est passé ? s'enquit alors le cousin promu chauffeur.

— Un dossier en plus, répondit son frère. On en est à huit rien que pour cette salle !

— Ce n'est pas bon ça.

— Non, pas bon du tout…. désespéra Pietro.

— Dans dix jours, on ferme la salle, interrompit la belle. Le gérant…. Il doit nous voler en prétextant des grosses dettes. Je me demande même si ces baleines existent vraiment !

— Mais Julia, on ne peut pas la fermer comme ça ! s'insurgea Paolo.

— Et moi je te dis qu'on le fera ! Il a dix jours pour recouvrer toutes les petites dettes. Hors de question que d'autres se greffent par-dessus. Il servira d'exemple aux autres. Faites courir le bruit : celui qui essaie de nous doubler sera jeté en pâture aux Bolonais ou aux Génois, c'est clair ? Ils y réfléchiront à deux fois avant de tenter quoi que ce soit. Et vous verrez…. Les dettes vont nettement diminuer. Dans toutes les salles.

— Mais tu vas en faire quoi de cette salle alors ? se hasarda Paolo.

— On la filera à Beriuni.

— Tu n'es pas sérieuse là ! s'exclama Pietro.

— Si, très. Les Beriuni sont les plus virulents, surtout depuis mon mariage avec Ivan. Et les plus méprisables. En leur cédant cette salle, je leur fais croire que je suis à leurs bottes. Que je leur donne de l'importance. Mais en fait je leur laisse la merde. Et pour nos autres salles, ça leur fera une épée de Damoclès au-dessus de la tête. Ça tiendra tout le monde tranquille et à l'écart de la famille assez longtemps pour mettre en place les changements.

— Et pour les gros ?

— Désolée les frangins, mais vous allez devoir travailler dur. Vous n'aurez que dix jours pour tout récupérer aussi. Donc vous ne vous concentrerez que sur cette salle pendant les dix jours à venir. Les autres, on s'en occupera après.

— Et si on n'a pas tout récupéré ?

— Je négocierai le pourcentage avec Umberto. Mais il vaudrait mieux récupérer un maximum de gros… pour éviter qu'on ne perde trop. Je dois rester crédible.

Les deux hommes se regardèrent, dubitatifs. Les projets, tout comme les décisions de leur cousine, semblaient complètement irraisonnés. On ne quitte pas le Milieu si facilement, sur une simple lubie. Claquer des doigts pour changer de vie ne suffisait pas. Surtout lorsqu'on n'a aucune expérience de la Mafia. Les deux frères n'étaient pas convaincus de la capacité de leur cousine à pouvoir gérer les conséquences de telles décisions. Pourtant, ils n'avaient pas d'autres choix que de les suivre. Car dans ce monde, on respecte la hiérarchie. On obéit à la Marraine en échange de sa protection, quoiqu'il en coûte.

Durant toute la journée, ils firent des visites plus ou moins longues, dans toutes les salles choisies de Lucca. Plus le temps passait, plus Julia se sentait mal. Elle était fatiguée et angoissée. Elle pensait de plus en plus à ses enfants.

Pour rentrer, elle décida de conduire, histoire de se calmer un peu et de penser à autre chose. Mais même le retour parut durer une éternité.

Ils arrivèrent en fin d'après-midi au domaine. En entendant le bruit du moteur, Ivan et Rudy se précipitèrent hors du chai, pour vite savoir comment c'était passé cette première inspection.

— Elle a su tenir le coup, dit simplement Pietro aux deux russes. Même si je pense qu'elle n'a pas pris la bonne décision pour la première salle.

— Comment ça ? demanda Rudy inquiet.

— Elle nous laisse seulement dix jours pour tout le recouvrement. Après, elle la file à Beriuni après négociations.

— Dix jours ? s'exclama Rudy. Mais elle ne se rend pas compte que c'est trop court ? Beaucoup trop court même !

— Ne t'inquiète pas mon frère, intervint Ivan. Je crois au contraire qu'elle sait très bien ce qu'elle fait. Il faut lui faire confiance.

Inquiet de ne pas la voir descendre du 4x4, Ivan s'avança jusqu'à la voiture. Il découvrit sa femme en larmes, manipulant violemment les deux chevalières, pratiquement jusqu'à saigner.

— Julia ! Qu'est-ce qu'il y a ? Arrête de faire ça. Tu es en train de te faire mal. Regarde tes doigts Julia !

— Je n'arrive pas à les enlever. Ça me brûle Ivan ! Aide-moi s'il te plait, implora Julia en pleurant. Je n'y arrive pas. Aide-moi ! Ivan….

— Chut, calme-toi princesse. Laisse-moi faire. Calme-toi….

— Mais ça brûle !

— Oui j'ai compris. Je vais te les enlever mais

calme-toi.

Délicatement, Ivan enleva les bagues, les mit dans la poche de son pantalon, puis attrapa sa femme pour l'extirper de la voiture. Il la serra fort contre lui, lui parla doucement pour la tranquilliser. Il comprit que cette journée avait été bien plus éprouvante pour elle que ce qu'il avait pensé. Il s'en voulait même de ne pas l'avoir accompagnée. Lorsqu'elle fut calmée, il l'emmena dans la chambre, l'aida à s'allonger, s'assit sur le bord du lit, et commença à caresser les longs cheveux bruns.

— Julia, tu dois te reposer. La journée a été bien plus difficile que prévue pour toi.

— Amore, les jumeaux… ils me manquent tellement…

— Je sais mon amour. Je sais. À moi aussi ils me manquent.

— Je veux les voir…

— Tu sais que ce n'est pas possible pour le moment. Mais je te promets que dès qu'ils ne risqueront plus rien, je les ferai venir ici.

— Bientôt ?

— Je l'espère...

— Je t'aime Amore. Si tu me lâches…

— Et moi je suis fou de toi princesse. Et jamais, jamais je ne te lâcherai.

Il admirait sa belle avec une infinie tendresse, restant près d'elle jusqu'à ce qu'elle s'endorme enfin.

21

Dissimulé derrière un arbre dont le tronc était assez large pour en cacher deux comme lui, Zhoran admirait son œuvre. Le dégradé de couleurs chaudes éclairait cette fin de nuit encore noire. Il humait le parfum enivrant du bois rougeoyant, s'enorgueillissait de l'intensité des crépitements qui finissaient en craquements. Il aurait pu rester là pendant des heures. Il l'aurait aimé. Il aurait voulu s'assurer que sa mission avait été un complet succès. Mais des lumières bleues tournoyantes et des sirènes stridentes l'avertirent qu'il était temps pour lui de partir. Il était déçu de ne pas avoir pu se délecter de cris apeurés et larmoyants, de ne pas avoir vu de corps se consumer, de ne pas avoir eu la satisfaction de connaître l'odeur de la chair brûlée. Peu importe. Le plus important maintenant était de faire son compte-rendu, de se vanter que cette mission dont il avait été honoré était en cours d'exécution. La datcha sombrait dans les flammes. Les Stokowitch ne seraient plus un problème à l'implantation en Russie du client, à sa prise de contrôle de l'Organisation.

Dans une synchronisation quasi parfaite, une main gantée lança un cocktail molotov qui brisa la devanture vitrée d'un petit bar, en plein centre de Lucca. La détonation assourdissante provoqua une marée humaine qui tentait d'échapper à un sort funeste en se bousculant vers la ruelle. On pouvait entendre des cris de douleurs, des lamentations, des injures. Une voiture sportive immatriculée en France démarra en trombe dès que les premiers rescapés firent leur apparition, sans savoir qu'en exécutant un ordre, ses occupants avaient déjà fait quatre morts et une dizaine de blessés. Le gérant, un homme fort d'une quarantaine d'années, sortit le dernier de cette fournaise, vacillant sur le verre brisé par l'impact de la bombe artisanale, cherchant à dégager dans de grosses quintes de toux la fumée qu'il avait inhalée. Il enjamba le cadavre du jeune barman en se signant d'une croix. Il jeta un coup d'œil pour constater l'ampleur des dégâts et avoir une prière courte pour les autres victimes. Dès qu'il fut à l'air libre et en mesure de parler, il passa un coup de fil à sa hiérarchie.

Moins d'une heure après ces attaques, Rudy et

Pietro tambourinaient à la porte de la plus grande chambre du domaine toscan.

— Qu'est-ce qu'il y a ?

— Ivan, c'est grave. Ils s'en sont pris à la famille. Ils ont mis le feu à la datcha, s'empressa d'expliquer Rudy.

— Quoi ? Comment ça ? Mes parents ? Et mes sœurs ?

— Ils ont réussi à en sortir à temps. Mais ton père...

— Quoi mon père ?

— Je suis désolé Ivan. Il n'a pas survécu. Son cœur a lâché en tentant de sauver ta mère.

— Ma mère aussi... ?

— Elle a des brûlures et elle a respiré beaucoup de fumée. Boris m'a dit que les secours arrivaient. Il nous tiendra au courant.

— Pas la peine ! J'y vais.

— Ce n'est pas tout, continua Pietro.

— Quoi encore ?

— L'une de nos plus grosses salles gérées par Beriuni a été attaquée cette nuit. Il y a des morts. Le bruit court que ce sont des français qui ont fait ça. Sur ordre de Julia.

— Quoi ? C'est quoi ce délire ?

— Ivan, Beriuni va se venger c'est sûr. Il va tout faire pour s'en prendre à Julia et la tuer s'il s'en tient à la rumeur. C'est l'occasion pour lui de tenter de prendre le contrôle du Clan. Tu ne peux pas partir maintenant !

— Je ne peux pas laisser ma famille comme ça non plus. Je n'ai pas le choix. Je dois aller en Russie. Rudy, tu restes ici. Veille sur Julia. Protège-la pendant mon absence. Je ferai au plus vite.

— D'accord.

— Pietro, tu viens avec moi. Avant de partir, dis à Ernesto de contacter Jackson. Qu'il vous envoie des hommes en renfort au domaine pour protéger la famille. Et qu'il fasse le nécessaire pour les jumeaux aussi. Je veux que la maison soit gardée jour et nuit. Qu'il s'occupe de tout ça avec Paolo.

— Si.

Ivan referma la porte. Il regarda Julia qui s'était réveillée en entendant les coups de Rudy. Pour la première fois, elle vit de la tristesse dans le regard de son mari. Pour la première fois, il se mit à pleurer dans les bras de sa femme.

— C'est mon père, n'est-ce pas ? C'est lui qui a ordonné tout ça ? Pourquoi nous fait-il tant de mal ?

— Je dois aller là-bas.

— Oui, je comprends.

— Je ramènerai ma famille à la Bastide dès que j'aurai vengé mon père.

— Ivan…

— Non Julia. Non. Je sais que tu ne veux pas le savoir. Je sais que tu refuses de l'admettre. Mais il va bien falloir que tu comprennes qu'on est dans un milieu où tout se règle comme ça. Julia, regarde-moi. Que tu le veuilles ou non, on en fait partie intégrante. Je suis un mafieux. Tu es, nous sommes des membres à part entière de la Mafia. Et doublement en plus. On doit venger le sang par le sang. C'est comme ça.

— On en sortira donc jamais, n'est-ce pas ?

— Si. Je te l'ai promis. Et je l'ai juré à Rudy. Un jour, nous y arriverons. Mais en attendant, il nous faut agir et penser en fonction des évènements. Si c'est ton père qui…

— Oui je sais. Ne dis rien.

Le jour se levait à peine. Une certaine effervescence envahissait le domaine. Ivan était sur le point de partir avec Pietro. Ses doutes sur la pleine dévotion au Clan de son beau-père s'étaient transformés en certitudes. Partir à Iaroslavl avec un membre de la famille italienne revenait à le provoquer, espérant ainsi accélérer la mise à nu de ses véritables intentions.

Julia se blottit une dernière fois dans les bras de son Tigre, puis le regarda partir aussi longtemps qu'elle pouvait voir la voiture. Elle pleurait en silence, tenant le bras de Rudy pour tenter de ne pas s'effondrer. Elle ressentait du chagrin pour son beau-père, du désespoir pour son mari et de la colère contre son père.

— Rudy, qu'est-ce que je dois faire ?

— Rien. Pour le moment, rien du tout. Si tu fais quoi que ce soit, ça sera interprété comme une déclaration de guerre contre Beriuni ou contre ton père. Les conséquences seraient trop graves. Il faut attendre d'en savoir davantage.

— D'accord.

— Tu restes au domaine. Les hommes de l'américain arriveront cet après-midi. Avec Paolo, on s'en occupera. Toi, tu rentres retrouver tes cousines. Fais-en sorte de n'être jamais seule, compris ? Reste en vie !

— Oui.

— N'aies pas peur. Ivan reviendra.

— Je sais. Je l'espère.

Le lendemain, Ivan et Pietro foulèrent le sol de la capitale russe. Les cousins moscovites les attendaient dans le hall de l'aéroport.

— Soboleznovaniye Ivan. Toutes nos condoléances.

— Spasibo. Qui ? Qui a tué mon père ?

— Un certain Zhoran. Un nouveau dans le Milieu. C'est encore un gosse. Une jeune recrue certainement.

— Sûr ?

— Oui. Ce petit con s'en est vanté après quelques verres en trop dans un de nos bar de couverture. Nos hommes te le gardent au frais.

— Ma famille ?

— Tes sœurs et ta mère sont ici, chez Andreï, avec les enfants.

— Comment va ma mère ?

— Elle n'a rien de grave. Ses brûlures sont superficielles. Elle est juste sous le choc.

— Boris et Stan ?

— Ils sont restés sur place à Iaroslavl. Ils mettent la pression sur les membres de ton réseau pour connaitre le nom du commanditaire. Tu veux aller questionner le gosse ?

— D'abord je veux voir ma mère et mes sœurs. Conduis-nous chez l'oncle. Je m'occuperai de ce Zhoran plus tard.

Dans la berline qui les conduisait dans le centre de Moscou, Pietro ressassait une question qui semait le doute dans son esprit. Quelque chose n'était pas logique dans toute cette histoire. Comment aurait-il pu le faire ? Il chercha tant une réponse qu'il ne s'aperçut même pas qu'il marmonnait cette interrogation.

— Qu'est-ce que tu dis ? demanda Ivan.

— Quoi ? ah rien !

— Pietro, tu viens de parler à voix basse. Il y a un problème ?

— Ivan, franchement, comment Alvaro aurait-il pu faire ça ? Comment aurait-il pu commanditer ces deux attaques simultanées depuis la France ?

— Tu sais parfaitement que c'est facile quand on a des relations.

— Quelles relations ? Il n'est plus rien dans le Milieu. Mon père, lui, les avait ces contacts. Mais pas Alvaro. Alors je me demande si c'est vraiment lui qui est derrière tout ça.

— Qu'est-ce que tu en sais s'il ne les a pas gardés ?

— Ok. Admettons. Alors pourquoi aurait-il voulu s'en prendre à toute ta famille ?

— Je suppose qu'il veut m'atteindre sans toucher à sa fille et au Clan, et sans éveiller les soupçons.

— Pourquoi ne pas te viser directement alors ?

— Trop de risques que Julia soit un dommage collatéral.

— Mais enfin Ivan, réfléchis. Si c'est bien lui, il

doit bien se douter que la Lionne risque fort d'entamer une vendetta contre lui. Tout comme toi. Non, je ne crois pas qu'il prendrait de telles initiatives. Et je ne vois pas pourquoi.

— Il veut certainement prendre le contrôle de l'Organisation pour n'en faire qu'un seul réseau avec le Clan.

— Mais Julia et toi êtes les Parrains de chacun d'eux. C'est déjà comme si ce n'était qu'un seul organigramme. Non, honnêtement Ivan. Je ne pense pas qu'Alvaro soit le traître, contrairement à ce que vous en pensez tous les deux.

— On le saura plus tard, quand j'en aurai fini avec celui qui a tué mon père.

Lorsqu'elle vit entrer son fils dans le salon, Irina s'effondra en larmes. Ivan la serra contre lui. Il regarda ses sœurs et ne put que constater leur fatigue et leur chagrin. Il devait rester fort pour leur prouver que désormais, il s'occuperait d'elles.

Irina leva les yeux vers ce visage grave. Elle l'implorait du regard.

— Ne t'inquiète pas maman. Je suis là maintenant. Je m'occupe de tout.

— Ton père…

— Je le vengerai.

— Ivan, je n'en peux plus de tout ça.

— Je sais.

— Il faut que ça cesse. Ça va trop loin. Je ne supporte plus cette peur qui respire avec moi depuis toujours. Il faut que ça s'arrête. Pense aux enfants. Ton neveu, tes nièces… Ils auraient pu mourir. Un jour ce seront les tiens qui seront à leur place. Ça leur arrivera. Il faut que ça cesse Ivan.

— Je vais nous sortir de là maman. Crois-moi, j'y arriverai. Je l'ai promis à Julia, et je te le promets aujourd'hui. Laissez-moi le temps. Un jour, on sortira de ce milieu.

— Que Dieu t'entende et te vienne en aide. Je continuerai à prier pour que ce jour arrive.

Natalia et Linka raccompagnèrent leur mère dans sa chambre. Ivan la regarda tituber de faiblesse, soutenue par ses sœurs. Elle n'était plus qu'une ombre. L'ombre d'une femme au teint blafard et à la silhouette amaigrie.

Une ombre en sursis.

Il rejoignit son oncle dans son bureau. Il voulait finaliser un accord conclu quelques mois auparavant : la cession de l'Organisation à ses cousins moscovites. Lorsqu'il entra, il trouva l'homme assis sur un vieux fauteuil aux couleurs verdâtres défraîchies. Sa corpulence montrant des années d'excès ne le flattait pas. Il était engoncé dans ce siège, ne faisant plus qu'un avec l'ensemble. Les sourcils épais et grisonnants et une barbe de trois jours n'arrangeaient pas ce physique presque rebutant.

Ivan n'avait aucun souvenir avec lui. Ils s'étaient très peu vus avant son exil. Deux ou trois fois, pas plus. Mais le lien familial faisait qu'il savait les limites de la confiance qu'il pouvait avoir en cet homme fat et insipide. Elles étaient sans mesure, infinies.

—Assieds-toi mon grand. Là, c'est bien. Tu viens me voir pour notre accord ? Ne t'inquiète pas, le marché tient toujours.

— Je sais Andreï.

— Comment va la Lionne ?

—Elle tient bon. Elle sait reprendre les

commandes du Clan. Elle fait partie des nôtres maintenant.

— Bien, Bien. Il paraît qu'elle s'en est prise indirectement à Beriuni ?

— Non. Pure spéculation lancée certainement par le commanditaire de cette attaque. C'est l'une de ses plus grosses salles qui a été détruite ! C'est elle qui est visée. Pas Beriuni.

— Bien, bien.

— Je vais ramener ma mère et mes sœurs en France.

— Tu as raison de le faire. Pour ta mère surtout. Elle ne supportera plus de rester à Iaroslavl. Mais tes sœurs… Crois-tu que ce soit une bonne idée ?

— Pourquoi tu me demandes ça ?

— Parce que tes beaux-frères vont rester en Russie encore longtemps. Tu ne pourras pas quitter notre milieu aussi vite que tu le voudrais. Ils vont devoir rester pour continuer à gérer tes affaires en attendant que tes cousins s'en chargent. Et tes sœurs vont vouloir rester avec leur mari.

— Oui c'est vrai.

— Ivan, tu réagis sur le coup de la peur. La peur que tu as pour ta famille. Ce n'est pas bon. Tu dois rester le Tigre, fort et sans scrupules, sans état d'âme. La peur n'a pas sa place ici. Et tu le sais.

— Oui.

— Va trouver celui que tu cherches. Va voir ce petit con de Zhoran. Fais-le parler, et venge mon frère. Je suis trop vieux pour le faire moi-même. Ensuite cours retrouver ta femme. Je veillerai sur la famille qui restera ici. Tu peux compter sur moi.

— Merci Andreï.

Ivan serra virilement la main tachetée et lourde de son oncle et sortit de ce bureau qui l'étouffait. Accompagné de Pietro et ses cousins, il partit en direction d'un immeuble désaffecté qui pour l'heure faisait office de prison. En chemin, il reçut un message de Rudy et s'empressa de le montrer à Pietro.

— Et maintenant, va me dire qu'Alvaro n'y est pour rien !

— Putain !

« Les hommes de l'américain viennent de nous avertir. Une voiture a été retrouvée calcinée dans la

campagne de Puyricard. Les deux hommes qui ont été retrouvés à quelques mètres ont été assassinés d'une balle derrière la nuque. C'étaient des mercenaires en freelance connus à Marseille. Je n'ai rien dit à Julia ».

Le Tigre poussa violemment la porte taguée de graffitis obscènes, et fit une entrée fracassante dans la pseudo cellule du pyromane. Une odeur d'urine et de vomissure flottait dans l'air de cette pièce dont les fenêtres étaient grossièrement murées de briques rouges. Ivan cacha sa surprise de voir que sa future victime était jeune. Très jeune. Trop jeune. Il se demanda s'il était même sorti de l'adolescence. Il fit un signe de la tête à l'un des deux hommes de mains postés ici en guise de mâtons depuis la veille. Celui-ci obéit, et jeta une bassine d'eau glacée au visage déjà en parti tuméfié du jouvenceau endormi sur la chaise. Zhoran sursauta. Il ouvrit les yeux et découvrit avec étonnement un grand gaillard barbu posté devant lui, le fixant d'un regard puissant. Il constata que ses mains étaient fortement liées dans son dos. Il se mit à rire par provocation.

— Que me vaut l'honneur de votre visite, Tigre ?

— Gamin, dis-toi que ce n'est jamais un honneur que de me rencontrer dans de telles circonstances. Surtout quand on a quelque chose à me dire, de gré ou de force.

— A vous dire ? Vraiment ? Je me demande bien ce que je pourrais vous dire pour vous contenter.

— Qui ? Qui t'a ordonné de tuer mon père ?

— Votre père seulement ? Je suis déçu. J'aurai préféré vous entendre parler de votre famille entière. Au fait, comment va votre femme ? La Lionne ?

Ivan ne contint pas sa rage. Il attrapa Zhoran par les cheveux, lui tira brusquement la tête en arrière, et lui colla la lame froide d'un couteau de chasse sur la carotide. Il approcha son visage de celui de son prisonnier, plongea ses yeux dans ce regard encore vitreux de l'excès d'alcool de la veille, et reprit son interrogatoire.

— Petit Zhoran ne deviendra jamais grand s'il continue à défier plus grand que lui. Si tu veux avoir la vie sauve, dis-moi qui t'a ordonné de t'en prendre à ma famille. À moi.

— Parce que vous pensez vraiment que je vais

vous dire quoi que ce soit ? Que je parle ou pas, de toute façon, vous allez me trancher la gorge. Autant en finir tout de suite, ça ira plus vite pour moi. Mais soyez sûr que je ne vous dirai rien.

— Crois-tu vraiment que tu as du courage à me parler ainsi ?

— Vous ne me faites pas peur !

— Pourtant tu devrais gamin.

— Je ne suis pas un gamin !

— Vraiment ? Quel âge as-tu ?

— Seize ans ! Et je vous emmerde. Vous et tous les Stokowitch de la terre !

Ivan appuya un peu plus la lame en acier sur la gorge du gosse. Un minuscule filet de sang se fraya un chemin sur la peau du cou de Zhoran. Celui-ci grimaça étouffant un léger cri de douleur en plissant les paupières. Il rouvrit les yeux surpris d'entendre le couteau tomber sur le carrelage gris du sol. Ivan s'était éloigné d'un pas ou deux. Il lui tournait le dos.

— Le Tigre se dégonfle ? Quand je pense qu'on m'a dit de me méfier de vous car vous étiez sans âme, et…

Il n'eut pas le temps de finir qu'il vit Ivan se retourner brusquement, pointant une arme sur son front.

— Va pourrir en enfer, gamin.

— On y est tous déjà en enfer !

— La différence, c'est que moi j'en sortirai vivant.

Le bruit du tir fût presque sourd avec le silencieux. Un cercle noir serti sur le pourtour d'une couleur rouge sang apparut sur le front de la victime dont la tête tomba en arrière. Ivan le regarda. Il avait presque de la pitié pour ce jeune. Il pensa à Julia, aux jumeaux, et finit par chuchoter :

— Moi j'en sortirai vivant.

Depuis le départ d'Ivan, le domaine Des Anges s'était transformé en forteresse. Une dizaine d'hommes armés jusqu'aux dents était arrivée de Marseille pour renforcer la sécurité de Julia et sa famille. Rudy avait formellement interdit à l'italienne de sortir de la maison. Chaque fenêtre, chaque porte était soigneusement gardée, autant par la milice du Clan que par les hommes de Jackson, de jour comme de nuit. Seuls Rudy et Paolo partaient chercher des informations, des réponses, des certitudes.

Julia essayait autant que possible de garder son calme. Elle n'avait aucunes nouvelles de son russe, et n'avait pu obtenir aucuns renseignements sur le bien-être de ses enfants de la part sentinelles marseillaises. Elle restait assise pendant des heures, sur le siège qu'occupait naguère son oncle, tentant de réfléchir aux derniers évènements, de trouver des solutions.

Je suis là. N'aies pas peur. Aies confiance en moi. Je te guiderai. Tu sauras agir. Tu es la Lionne.

Le murmure devenait constant. Peut-être cherchait-elle à se rassurer. Peut-être devenait-elle réellement folle. Elle ne savait plus.

Cela faisait maintenant deux jours qu'Ivan était parti en Russie. Elle n'en dormait presque plus. Elle s'approcha de Rudy dans la cuisine. Elle le dévisagea et s'effondra en larmes dans ses bras.

— Dis-moi. Dis-moi qu'il va bien.

— Je n'en sais rien. Je n'ai aucun contact avec lui.

— Rudy, c'est trop long ! Je n'y arrive pas.

Qu'est-ce que je dois faire ?

— Attendre son retour. Il n'y qu'à ce moment-là que tu sauras.

— Laisse-moi lui téléphoner au moins…

— Non Julia. Tu le sais. Nous ne devons pas communiquer avec l'extérieur. C'est trop dangereux.

— Et mes enfants ? Tu as des nouvelles de mes enfants ? de Marianne ?

— Non. Et c'est très bien. Ça veut dire qu'ils vont bien. Qu'ils sont en sécurité. Auquel cas on nous aurait averti s'il y avait un problème.

— Il faut que j'appelle mon père. Il doit revenir au domaine.

— Non. Personne ne doit venir ou partir du domaine pour le moment. Ils sont mieux en France plutôt qu'ici. Crois-moi.

— Rudy, je suis la Lionne. Et je suis sur mes terres, dans mon fief. C'est moi qui commande ici. Alors si je veux que mes parents reviennent, tu dois obéir !

— Désolé Julia. Mais pour le moment j'obéis aux ordres d'Ivan. Je lui ai promis de veiller sur toi. De te protéger. Pas question qu'il t'arrive quoi que ce soit.

Donc personne n'entre ou ne sort de la maison sans mon accord.

— Mais pour qui tu te prends pour me parler ainsi ?

— Pour ton ami qui veut te garder en vie.

— Rudy, s'il te plaît. Je veux parler à Ivan. S'il te plaît… Laisse-moi l'appeler.

— Non Julia. Attend qu'il ait terminé ce qu'il doit faire là-bas et qu'il revienne. Sois patiente. C'est une question de jours seulement.

— Sait-on seulement qui est derrière tout ça ? Est-ce que c'est mon père ? C'est lui, c'est ça ? Et c'est pourquoi tu ne veux pas qu'il vienne ici ?

— On ne sait rien de plus pour le moment. Mais on cherche. Et on saura. Ne t'inquiète pas pour ça. Et pour ton père, comme je te l'ai dit, il est plus en sécurité au gîte qu'ici. Il vaut mieux que tes parents restent là-bas.

Julia sanglota de plus belle. Rudy demanda à Rosa de l'emmener dans sa chambre et de veiller sur elle jusqu'à ce qu'elle dorme un peu. Il avait besoin de s'isoler pour tenter de joindre son ami en Russie, sans que l'italienne le sache. Il devait faire son compte-rendu journalier de la situation en Toscane, comme il en avait été convenu avant le départ d'Ivan.

À Poznan, le polonais se délectait des nouvelles récemment reçues. Le patriarche Stokowitch était mort, la Lionne était en grande difficulté en Toscane… L'Organisation et le Clan étaient soudain ébranlés par une coalition parfaitement synchronisée. La seule chose qu'il souhaitait dorénavant était que le Tigre se retourne contre sa femme. Ce qui arrangerait parfaitement ses affaires, et ses envies de conquêtes européennes. Mais un petit problème restait à régler. Il n'était pas le seul à vouloir reprendre les commandes de ces deux vastes réseaux. Il fallait qu'il joue finement la partie. Il décrocha son téléphone, décidant qu'il était temps de renégocier un pacte qui lui serait bénéfique à court terme si tout se passait comme il l'espérait.

Depuis le retour du Parrain de l'Organisation, Boris et Stanislas n'avaient de cesse de chercher, questionner, trouver le commanditaire de ces actes de provocation, de cette tentative d'éradication de la famille. Ils menaient des interrogatoires musclés, animés par la colère et la soif de vengeance, sans aucune compassion pour leurs victimes qu'ils cueillaient dans leurs tripots, ou qu'ils enlevaient dans les salles de leurs rivaux selon les informations qu'ils obtenaient petit à petit. Ils étaient les inquisiteurs du XXIème siècle, pratiquant des tortures dignes du Moyen Âge. Mais au bout de deux jours, ils n'avaient que des soupçons alimentés par des « on dit que ».

En Russie, rien n'avançait ; et les nouvelles venant d'Italie n'étaient pas rassurantes. Après avoir enterré son père en toute discrétion au petit matin du quatrième jour, Ivan décida de retourner en Toscane. Il redoutait qu'on ne s'en prenne directement à sa femme. Sa mère refusa de partir avec lui. Elle préférait rester près de ses filles le temps du deuil. Elle s'installa chez Andreï en attendant que tout soit réglé.

À l'aurore du cinquième jour, les deux hommes arrivèrent enfin au domaine.

22

Ivan se précipita dans la chambre et serra Julia autant qu'il le pouvait. L'italienne pleura de joie en revoyant son mari sain et sauf. Il lui raconta tout de son périple sans omettre aucun détail. Pas question de lui cacher quoi que ce soit. Il fallait qu'elle l'entende pour qu'elle puisse se rendre compte de la réalité de la situation. Julia prit sur elle et fit abstraction de toutes ces substances sordides, trop heureuse d'être à nouveau dans les bras de son Tigre.

Trois jours après, dans la soirée, Ivan reçu un appel qu'il attendait avec une impatience démesurée.

— On sait ! On sait qui ! annonça Boris, excité.

— Vous êtes sûr ?

— Oui !

— Des preuves ?

— Même mieux ! Des aveux !

Ivan poussa un grand soupir. Il était soulagé. Il alla chercher Rudy. Les deux hommes sortirent pour écouter ce que Boris allait leur annoncer.

— Rudy est là. On t'écoute.

— Un rebelle a fini par nous parler. On a attendu d'en avoir la confirmation par Moscou avant de te le dire.

— Comment ça, un rebelle ? demanda le Tigre.

— Il recommençait à s'agiter et créer des problèmes dans l'Organisation. Il a fallu qu'on intervienne de manière un peu plus... dissuasive. En l'interrogeant, il nous a tout raconté.

— Et ?

— Ivan, ça va plus loin qu'on ne le pensait.

— Son père, c'est ça ?

— Non pas du tout ! Il n'est plus rien dans le Milieu depuis des années.

— Mais bordel ! Tu vas cracher le morceau oui ?

— Le polonais, Ivan. C'est le polonais !

— Pas possible, rétorqua Rudy.

— Ivan, depuis que Julia et toi êtes venus à Iaroslavl, toute la famille a compris que c'était toi qui avais balancé ta relation par le biais du polonais. On a compris pourquoi tu l'as fait, et on a respecté. Mais le polonais....

— Quoi ?

— Il s'en est servi. C'est lui qui a fait assassiner Bolianov.

— Mais comment a-t-il pu savoir de quoi Julia l'avait menacé ? demanda Rudy.

— Le rebelle…. Il nous a trahis ! C'est lui qui le tenait au courant de tout ce qu'il se passait au sein de l'Organisation. Le polonais a fait tuer Bolianov par le rebelle pour déclencher les hostilités avec l'Italie.

— Mais ça n'a pas marché, alors…. réfléchit Ivan.

— Alors il a fait pareil pour l'oncle de Julia. Et le médecin. Mais pas directement.

— Il pensait que la Toscane s'en prendrait aux russes, et qu'une tuerie entre les deux réseaux allait nous évincer, Julia et moi. Et il reprenait la tête de l'Organisation et du Clan après.

— Pas du Clan ! Que de l'Organisation ! appuya Boris. Le Clan, c'est Beriuni qui devait le récupérer.

— Tu veux dire que…

— Que le polonais et Beriuni se sont associés. Giacomo a été empoisonné par le médecin, mais sur ordre de Beriuni. Mais comme leur plan n'a pas abouti comme ils l'espéraient, alors le polonais a donné l'ordre à Zhoran de nous éliminer. Et c'est Bériuni qui a fait sauter la salle de Lucca pour jeter le discrédit sur ta femme.

— Merde ! s'exclama Rudy. Et Julia qui veut lui filer une salle de Lucca.

— Rien n'est fait encore, rétorqua Ivan. On a quand même un avantage. C'est qu'ils ne savent pas qu'on sait…. Sauf si….

— Ne t'inquiète pas Ivan, répondit Boris. Le rebelle a eu…. Un petit souci. Il s'est jeté d'un pont dans la Volga. Certainement un suicide si tu vois ce que je veux dire. Son corps a été emporté par le courant. Il n'a toujours pas été retrouvé. Il ne pourra plus parler.

— Comment on va faire ? demanda alors Rudy.

— Ici, on va suivre les décisions de Julia. Ce n'est pas à moi de lui imposer quoi que ce soit concernant son réseau. Elle devra décider seule. Je lui explique tout demain matin, et elle avisera. Mais en revanche, là-bas il faut qu'on frappe fort. Nous on va se charger de régler le compte du polonais et de l'intégralité de ses salles. Il faut faire disparaitre son réseau. Après on va devoir commencer à filer des salles à Andreï. Il faudra protéger la famille des représailles.

— Stanislas a commencé à faire ce que tu lui as demandé. Tout peut se mettre en place relativement vite du fait qu'on a les structures.

— Les entrepôts ? s'enquit Ivan.

— Je m'y attèle. Ils seront équipés d'ici deux mois je pense.

— Parfait. Vous savez ce qu'il vous reste à faire avec le polonais. Passe par le cousin de Moscou. Si la mafia moscovite s'en mêle, ça sera sûr pour la famille. Dès que c'est fait, filez les salles à moins de dix milles à mon oncle. Faites-le sur deux mois. Et lancez la fabrication en premier dans la foulée. La logistique et le transport on verra après. On fait d'abord des stocks. Je fais virer les fonds dès que vous êtes prêt pour la production, à notre retour en France.

— D'accord. Tu sais Ivan, je dois t'avouer qu'on est rassuré de savoir que ton beau-père n'est pour rien dans tout ça !

— Pas autant que moi, Boris. Pas autant que moi.

Avertis-moi dès que le polonais aura passé l'arme à gauche. Julia devra savoir pour agir avec Umberto immédiatement.

— Je te le dirais avec un grand plaisir !

Ivan raccrocha. Les deux hommes restaient là, réfléchissant aux conséquences de tout ce qu'il se passait dernièrement.

— Ce qui me rassure, c'est de savoir les jumeaux en sécurité, dit soudain Ivan. Mais pour ma femme, le danger est toujours là….

— Mais maintenant, on sait d'où il vient ! rétorqua Rudy.

— Oui, c'est sûr !

— Au fait… Merci ! Merci beaucoup !

— Je sais Rudy. Mais les risques étaient trop importants, je ne pouvais pas t'impliquer, ni toi ni qui que ce soit d'autre dans cette décision.

— Mais enfin Ivan, tu n'as pas assez confiance en moi pour que tu ne m'aies rien dit de tes projets ?

— Bien sûr que si j'ai confiance en toi ! J'ai juste voulu te protéger et Marianne aussi. Vous êtes mes amis avant tout.

— Mais de là à tout dire au polonais…

— Je n'ai pas pensé qu'il s'en servirait un jour. Je ne sais même pas comment il a su que c'était moi qui lui avais filé l'information. Je pensais avoir pris toutes les précautions nécessaires pour qu'il ne sache pas...

— Peu importe. Maintenant, on va pouvoir agir ! Et je pense que demain, il y a une belle jeune femme qui va rugir comme la Lionne qu'elle est, et qui va vite taper du poing sur la table avec les Beriuni.

— Elle va surtout pouvoir se réconcilier avec son père, et en partie avec elle-même.

En se couchant près de sa femme endormie, Ivan eut un sentiment de satisfaction, mêlé à de l'impatience. Bientôt il pourrait enfin annoncer à sa belle qu'il avait tenu sa parole. Il se tourna vers elle, et doucement, il la prit dans ses bras, heureux à l'idée que dans quelques mois, il pourrait offrir à sa famille une nouvelle vie, celle qu'il avait promis à Julia et ses enfants.

23

— Rhaaaaaa l'ordure, rugissait la Lionne. Il me paiera sa trahison ! L'Italie n'a pas besoin de lui. Il me le paiera, pour Giacomo. Et pour toute la famille ! Je le tuerai de mes mains, si c'est nécessaire !

— Julia, tu ne peux pas faire ça !

— Comment peux-tu dire ça, Ernesto ? Il a assassiné Giacomo ! Ton père, Ernesto. Ton père. Tu ne veux pas le venger ?

— Si Julia, je le veux autant que toi ! Mais tu ne vas quand même pas lui courir après pour le tuer !

— Il a raison Julia, tenta de tempérer Ivan. Ce n'est pas à toi de le faire. Pas au Clan. C'est trop risqué.

— Et qui veux-tu que ce soit Ivan ? Qui, hein ? Ton Organisation peut-être ? Il doit servir d'exemple pour les autres. En plus tu me l'as dit toi-même. Le sang par le sang !

— Déjà, calme-toi ! répondit sèchement le russe. Et non, notre Organisation ne se chargera pas du problème italien. Nous, on s'occupe du polonais. On ne peut pas intervenir en Toscane sans déclarer une série de règlements de comptes interminables entre les deux pays. Ici c'est ton territoire, donc c'est à toi de décider.

Le Clan était stupéfait de la nouvelle. Les Beriuni associés au polonais ! Tout ceci paraissait incroyable ; pourtant tous devaient se faire à l'évidence. Il fallait dorénavant avoir les mêmes objectifs que la Lionne, avoir sa volonté féroce de tourner le dos à la Mafia, pour épargner la famille de cette servitude qu'étaient devenues leurs affaires clandestines, leur rivalité avec les réseaux voisins, la violence des attaques et des vengeances. Il fallait protéger les enfants, les écarter d'une vie criminelle.

Julia inspira une grande bouffée d'air afin de tenter de se calmer pour pouvoir réfléchir. Elle comprenait les positions d'Ernesto et Ivan, mais la colère était plus forte, et elle n'arrivait pas à se sortir de la tête l'idée macabre de venger son oncle.

— D'accord ! tenta-t-elle de dire calmement. D'accord, ce n'est pas au Clan de le faire. Ni à l'Organisation. Alors qui ?

— Il y a peut-être une solution, émit Pietro.

— Laquelle ?

— Que ce soit le polonais qui le fasse.

— Il est associé avec ce... ce.... Cette raclure ! Pourquoi il l'éliminerait ?

— Parce que Umberto l'aurait trahi....

— Mais il ne l'a pas fait ! rétorqua sauvagement Julia.

— Ça, le polonais ne le sait pas ! continua son mari, ayant compris le raisonnement du cousin. Il suffit de lui faire croire.

— Mais tu as demandé à Moscou de se charger du polonais. C'est trop tard maintenant !

— Pas sûr. On tente le coup ?

— Appelle Boris tout de suite !

Pendant que Rudy se chargeait de passer le coup de fil, Ivan essaya de calmer sa femme autant que possible. Mais elle ne décolérait pas. Elle faisait les cent pas au fond de la pièce, attendant comme le reste de la famille au grand complet que Rudy revienne, tout en réfléchissant à une autre solution au cas où il serait trop tard. L'ambiance était tendue. Tout le monde réalisait à quel point l'étau se resserrait sur la famille. Les cousines parlaient à voix basses à leurs maris, leur demandant d'éloigner les enfants du domaine en attendant que tout se calme. Mais ceux-ci leur expliquèrent qu'ils attendaient les décisions de la Leonnessa pour agir en conséquence avec les petits. Giancarlo se leva, et alla à la fenêtre pour observer Rudy. Il espérait un miracle.

— Il revient.

Il avait parlé avec une voix presque inaudible de la peur qu'il avait, et du chagrin qui le rongeait.

Tout le monde s'interrompit pour fixer la porte de la grande salle. Rudy arriva, attendu comme le messie.

— Alors ? demanda Ivan.

— Iaroslavl se charge de tout stopper pour le moment avec Moscou. On a le champ libre. L'Organisation attend vos instructions, à toi et Julia.

— Parfait ! répondit la belle. Et maintenant ? Comment procède-t-on, amore ?

— Rudy, rappelle Boris. Il reste deux rebelles. Le polonais a bien dû mettre la main sur l'un des deux. Que Boris et Stan fasse passer le mot auprès de chacun d'eux comme quoi Beriuni est en négociation avec la Lionne pour récupérer une partie des salles de Lucca. Que le contrat prévoie que s'il dit qui a assassiné Giacomo, il pourrait obtenir Pise et Florence en plus. Et qu'ils insistent sur le fait qu'Umberto est trop avide pour refuser un tel accord ! Ah, et qu'ils rajoutent aussi que c'est le polonais qui a fait taire les deux autres rebelles, parce qu'ils avaient refusé de lui dire ce qu'il voulait savoir sur l'Organisation et le Clan. Au moins, on sera certain qu'ils s'empresseront de répandre la rumeur. Ça ira plus vite…

— Nous on attend alors… soupira Julia, dépitée de ne pas pouvoir agir de ses propres mains.

— Oui, vous attendez. Je pense que si tout se passe comme prévu, dans peu de temps la famille Beriuni n'existera plus.

— Et comment va-t-on faire quand ils vont revenir ici ? demanda soudain Paolo. Parce que Julia a obligé ces rapaces à revenir avec leurs femmes et leurs filles, et parmi eux, il y aura Beriuni….

— Je tiendrai le coup, certifia la jeune femme. Ce sera difficile, mais j'y arriverai.

— De toute façon, on sera tous là quand ils reviendront ! rétorqua Ernesto. Ils n'oseront rien faire ici quand même !

— Ce n'est pas eux qui me font peur mon frère ! C'est elle… (Paolo tourna son regard vers sa cousine). Il faudra qu'elle contienne sa rage et sa soif de vengeance. Il ne faut surtout pas qu'elle craque ! Ni même qu'elle montre qu'elle est au courant de tout. Julia, tu es sûre que ça ira ?

— Elle y arrivera ! interrompit Ivan. Vous n'imaginez pas ce dont elle peut être capable. Je suis certain qu'elle y arrivera.

—Il faut que mon père revienne, coupa la Lionne. Il devra être là quand ils reviendront. Paolo, appelle-le, dis-lui de revenir. S'il te plaît. Dis-lui que je dois lui parler au plus vite.

— Subito !

Tout le monde sortit de la grande salle, sauf le jeune couple. Julia se dirigea vers la fenêtre, et observa les enfants jouer au soleil, insouciants de tout ce qui arrivait depuis quelques jours. Ivan se positionna derrière elle, et l'enveloppa de ses bras.

— A moi aussi ils me manquent mon amour.

— Je veux les voir… sanglota-t-elle.

— Pas encore. Je suis désolé, mais c'est encore trop dangereux ici. Il faut qu'on attende un peu avant de pouvoir les revoir.

— Si au moins on pouvait les appeler ! Au moins les entendre... Amore, s'il te plaît... Juste quelques minutes.

— Dès que ce sera possible, je te promets qu'on pourra les serrer dans nos bras. Mais pas tout de suite. Pas maintenant....

Julia se résigna à patienter encore avant de pouvoir à nouveau embrasser ses enfants. Mais c'était à contrecœur, comprenant que la sécurité des jumeaux passait avant tout, même avant son désir de mère de les avoir auprès d'elle.

Paolo apercevant cette douce scène, attendit quelques minutes avant d'entrer dans la pièce et annoncer au couple qu'Alvaro et Monica arriveraient dans l'après-midi.

— J'espère qu'il comprendra... soupira la jeune femme. Je dois m'attendre à ce qu'il soit en colère.

— Ne t'inquiète pas princesse. Nous lui expliquerons tout. À mon avis, il comprendra. De toute façon, il ne peut pas t'en vouloir d'avoir agi pour la famille. Tu n'as fait que prendre les décisions qui s'imposaient sur le moment, pour la préserver, pour la sécurité des enfants. Il comprendra Julia, tu verras…

— Que Dieu t'entende ! pria la jeune femme.

Dans cette grande pièce qui faisait autant office de salle à manger que de bureau, Julia faisait son mea culpa.

Reconnaître ses torts est preuve de grande sagesse.

Elle repensait à ces mots que sa mère lui répétait souvent dans son enfance. Ces paroles avaient un effet rassurant. En attendant l'arrivée de ses parents, elle avait à mainte fois pensé à chaque mot de chaque phrase qu'elle prononcerait pour obtenir leur clémence, si possible leur pardon. Elle n'espérait pas un miracle, mais juste un geste de son père qui apaiserait le tourment que lui causait son erreur de jugement. Novice dans son nouveau rôle, elle prit conscience qu'elle avait encore énormément à apprendre, à commencer par tirer parti de ses erreurs.

Alvaro et sa femme entrèrent dans la pièce et prirent place autour de la table. Julia ne savait plus comment agir. Elle regarda brièvement Ivan qui se tenait en retrait. Puis elle commença par tout leur expliquer. Les soupçons de trahison, l'assassinat de son oncle, les attaques, Ivan sénior, le polonais, Beriuni.

— Je regrette papa. Sincèrement.

— Ne regrette jamais les décisions que tu prends. Tu es la Leonnessa, tu ne dois jamais rien regretter ! répondit fermement Alvaro.

— Mais papa…

— Écoute, cara mia, nous comprenons ce que tu as pu croire. Je reconnais que la coïncidence n'a pas été en notre faveur. Mais saches que nous te soutiendrons toujours, et nous suivrons tes instructions. Tu es la Marraine de notre Clan et à ce titre, nous nous devons de te respecter, quoi que tu fasses, quoi que tu décides.

— Tu oublies Ivan papa. Il est à la tête du Clan comme moi !

— Oui, mais c'est toi la Lionne de Toscane ! Julia, nous avons accepté ton mari et ce malgré qu'il soit le Tigre, malgré qu'il soit russe, malgré les conflits qu'il y a pu avoir entre nos deux pays, nos deux familles. Même si au début de votre relation nous n'étions pas d'accord, même si l'annonce de votre mariage m'a mis en colère, nous avons accepté. Il t'a enseigné ce que tu devais savoir pour reprendre cette place qui te revenait de droit. Il a fait ce que ta mère et moi avons tant tardé à faire, au point de t'avoir tout caché. Mais il ne pourra jamais être toi. Tu es la Lionne ici, il est le Tigre là-bas. C'est comme ça. Mais nous l'acceptons. Parce qu'il est ton mari et le père de nos petits-enfants. Parce qu'il est ton choix, ta décision.

— Merci papa.

— Merci à toi ma fille. Merci de nous avoir parlé, de nous avoir expliqué. C'est à moi de te demander pardon d'avoir voulu te marier avec Gianni, et pour tout ce que j'ai pu faire qui t'a causé du tort. Si j'avais su… Beaucoup de choses auraient été différentes. Mais je ne peux malheureusement pas revenir en arrière. Bien, ce n'est pas tout ! Mais tu comptes faire quoi alors, avec Beriuni ? Et qu'est-ce qu'on doit faire pour t'aider ?

Ivan, qui avait assisté à toute la conversation sans intervenir une seule fois, se décida enfin à parler, et expliqua ce qu'il allait se passer. Alvaro dût admettre que le couple avait su gérer cette situation de crise au mieux, et accepta de faire ce que Julia avait demandé à toute la famille : continuer comme si le Clan ne savait rien, même lorsque les membres du réseau reviendraient.

La leonessa si rivelerà. Tu as combattu tes peurs. Tu as surmonté tes angoisses. Tu as vaincu les obstacles. Tu connais le pouvoir de la vengeance. Tu sais la puissance des mots. Tu es prête. Tu n'as plus besoin de moi. Aime mon Tigre. Car lui seul te comprendra et te soutiendra. Protège ma descendance. Car c'est à travers eux que nous deviendrons immortelles, comme j'ai vécu à nouveau à travers toi. Protège ma force que je te laisse. Ne doute jamais de toi. Parce que tu es moi. Aujourd'hui je m'en vais. Mais un jour anniversaire, je reviendrai.

Julia se rafraichit une fois de plus le visage à l'eau claire. Elle regarda dans le miroir. Le reflet de cette vieille femme ridée, aux longs cheveux gris et au sourire bienveillant avait disparu. Elle n'éprouva ni tristesse, ni peur, ni regret. Elle comprit que c'était la dernière fois qu'elle observait ce visage, qu'elle entendait ce murmure, cette voix faible, presque inaudible.

Troisième partie

« il mondo, trasformeranno. La profezia sarà »

24

Cela faisait près de deux semaines que Giacomo était mort. Péniblement, la vie reprenait au domaine. Mais depuis deux jours, le Clan, attendaient des nouvelles de Iaroslavl. Pietro et Paolo avaient repris leurs inspections quotidiennes, et faisaient tout ce qu'il était possible de faire pour récupérer les grosses dettes de la première salle que Julia avait visité, et dont elle voulait toujours se séparer. Mais étant données les récentes révélations provenant de Russie, elle devait trouver un autre moyen de reléguer ce tripot aux oubliettes. Elle devait s'en tenir à en faire un exemple, mais d'une autre façon. Il lui fallait du temps pour atteindre son but. Beaucoup de temps. Et pour le moment, ce précieux temps lui faisait défaut.

Il aura fallu attendre encore une journée, pour voir revenir les membres du réseau toscan au domaine. Quand elle vit les Beriuni au grand complet suivre les autres, Julia ne put réprimer la haine qu'elle avait dans son cœur. La vengeance était trop longue à venir.

Chaque jour passé, elle apprit à contenir la violence de sa colère et l'envie d'en finir au plus vite. Elle n'avait plus peur de faire couler le sang pour apaiser ses propres souffrances. Au contraire. Depuis son arrivée sur ses terres, Julia avait, sans en avoir réellement conscience, reprit son instinct félin de défendre les siens, le besoin intensément sauvage et carnassier d'éliminer ses ennemis. Elle partait en chasse. Mais pour l'heure, elle se devait de rester maîtresse de ses actes. Elle l'avait affirmé à la famille comme une promesse. Aussi, elle décida de recevoir ces proies sur le pas de la porte, entourée des siens. Pas question pour elle de faire entrer les assassins de son oncle et son beau-père dans la maison familiale.

— Vous en avez mis du temps à revenir ! lança-t-elle à leur égard sur un ton tranchant. Auriez-vous donc eu peur de nous affronter ? continua la belle en fixant Umberto.

— Non, pas du tout. Mais….

— Peu importe ! coupa Julia.

— Vous nous avez dit de revenir avec nos familles. Aujourd'hui nous sommes là. Et nous vous présentons nos condoléances pour la mort de votre oncle, Julia.

— Madame Stokowitch ! Je ne vous autorise pas à être si familier avec moi.

— Leonessa, nous pensions que nous pourrions discuter avec votre vous… en privé… pour les affaires…

— Eh bien vous pensez mal ! Je n'imagine pas qu'il y ait quoi que ce soit à discuter.

— Mais nous pourrions quand même tenter de trouver des compromis ! Pour que nous soyons tous satisfaits…

— Quels genres de compromis ?

Son intonation devenait suspicieuse. Julia cacha son étonnement. Elle ne comprenait pas de quoi il était question. Ivan et Rudy ne lui avaient jamais expliqué quoi que ce soit sur ces compromis.

— C'est à propos des secteurs…

— Mais encore ? Julia reprenait son ton autoritaire et incisif.

— Le Clan s'est beaucoup agrandi en nombre de secteurs. Si nous voulons éviter tout débordement, il serait préférable de redéfinir la carte, afin que nous soyons tous satisfaits. Il y a des inégalités dans les gestions en nombres de salles et en termes de gains…

— Si vous n'êtes pas contents de votre sort, grand bien vous fasse. Ce n'est pas notre problème. Mes affaires restent Mes affaires. Apprenez donc à mieux gérer les salles que je vous ai confiées. Nous n'avons rien à discuter avec la plupart d'entre vous.

— La plupart ? Comment ça ?

Des murmures passaient de bouches à oreilles au sein de la petite assemblée. La famille observa l'étonnement général des membres du Clan non sans une certaine satisfaction. Julia en profita pour s'engouffrer avec un plaisir non feint, dans la faille béante que venait de provoquer cette très courte allusion.

— Certains n'ont pas attendu de revenir pour entamer les négociations ! prétendit-elle, afin d'entamer sa vendetta contre celui qui était devenu désormais son pire ennemi.

— Qui ?

— Ah ! Vous n'êtes pas au courant. Eh bien vous le saurez en temps et en heure si la négociation aboutit.

— Et elle porte sur quoi cette transaction ?

— Quelques salles de Lucca, et peut-être Pise et Florence en prime si j'obtiens ce que j'attends.

— Comment ça ? Combien de salles de Lucca ? Et vous attendez quoi, Leonessa ?

— Peu importe le nombre. Et j'attends un précieux renseignement…. Maintenant messieurs, nous avons autre chose à faire qu'à perdre du temps en palabres. Ma famille prend note de vos condoléances et vous en remercie. Je pense que nous nous reverrons bientôt. Un conseil : surveillez vos amis. Ils se pourrait qu'ils soient vos pires ennemis. Maintenant, quittez mes terres.

Julia commença à se retourner tout comme le reste de la famille, pour faire mine de rentrer. Soudain, elle fit de nouveau face aux individus, portant son regard vers la famille Beriuni. Elle lança de manière insidieuse :

— Umberto, il faudra que je vous parle… Dans quelques jours…

Puis elle fit volte-face, et tous les membres de la famille retournèrent à l'intérieur de la maison.

À ce moment-là, Ivan montra à sa femme un message en provenance de Russie.

Le polonais est furieux ! Les évènements devraient aller très vite !

— À croire que tu as un sixième sens Julia ! dit-il en souriant.

— Je voulais juste accélérer sa fin ! lui répondit-elle avec un clin d'œil et un petit sourire de satisfaction.

Les quatre frères s'assurèrent que tous les intrus repartaient sans détours. Puis ils se retournèrent vers la Lionne.

— Pourquoi tu as dit à Umberto que tu voulais lui parler Julia ? demanda alors Paolo, surpris et un peu furieux à la fois. Je croyais qu'on devait attendre les nouvelles de Russie !

— Mais on les a eues les nouvelles ! répondit la jeune femme, bizarrement très calme.

— Comment ça ?

— Un sort funeste est en route. Et je m'en satisfais.

— Le polonais est au courant ? Ça y est ? reprit Ernesto.

— Oui ! acquiesça Ivan. Maintenant c'est une question de jours.

— Ou d'heures même, renchérit Alvaro. Entre ce que tu viens de faire mia cara, et la colère du polonais, ça ne m'étonnerait pas que d'ici demain, tout soit réglé.

— Pas sûr que ça aille si vite papa, mais je donnerais cher pour assister à sa fin… même si je hais ce genre de procédés.

— Il vaut mieux se tenir à l'écart de tout ça. Laisse-les s'entretuer, ce n'est plus le problème du Clan.

— Oui, je sais.

Trois jours plus tard, aux environs des onze heures du soir, un accident mortel avait lieu entre Lucca et San Giuliano Terme, sur la Strada Statale 12 radd, en direction de Pise. Les quatre hommes de l'un des deux véhicules périrent. Un père et son fils d'environ 25 ans, non encore identifiés avec certitude, mais dont on présumait qu'il s'agissait d'Umberto et Gianni Beriuni, et deux autres hommes, dont on ne révélait pas l'identité. Le conducteur du deuxième véhicule, immatriculé en Pologne et responsable de l'accident, avait pris la fuite. Une enquête policière était en cours, mais les premiers éléments révélaient un problème mécanique de la voiture polonaise, ayant entraîné la perte du contrôle du véhicule et percutant violemment la berline par l'arrière, la projetant ainsi en contrebas de la route contre un arbre.

Lorsque le lendemain matin, Giancarlo eut fini de lire l'article du journal, Julia se tourna vers Rudy, et avec un visage un peu triste, lui demanda d'appeler Moscou. Il fallait terminer le travail.

— Julia, intervint son père. Tu vas devoir assister à la réunion du Clan.

— Comment ça ?

— Quand une famille membre disparait entièrement, les autres se partagent ses salles. Tu vas devoir décider à qui tu les attribues en fonction de ce qu'ils vont te demander.

— Mais je n'en ai rien à faire de savoir qui veut quoi ! ils n'ont qu'à se débrouiller sans moi !

— Je sais mia cara, mais toi et Ivan, en tant que chefs du Clan, vous serez obligés d'y aller et de faire le partage.

— On ira. Tous les deux. (Ivan se tourna vers sa femme.) Toi pour les décisions, moi pour représenter l'Organisation, ton alliée. On se doit de respecter les règles du Milieu si on veut pouvoir en sortir un jour. Ce n'est pas le moment de créer des tensions au sein du réseau. Ça fragiliserait ton statut et la crédibilité dont tu auras besoin au moment où tu voudras tout céder.

— Bon d'accord. C'est quand ? rétorqua la belle, irritée.

— Elle aura certainement lieu demain, réagit timidement Ernesto, craignant la colère de sa cousine.

— Si vite ? Eh bien ils ne perdent pas de temps ! Ce sont vraiment des rapaces ! s'insurgea la jeune femme. Et où ?

— Les réunions ont toujours lieu dans un entrepôt, au port de Viarregio, le soir.

— J'ai le choix ?

Tous secouèrent la tête pour signifier à la Lionne que non, ce choix-là, elle ne l'avait pas.

Lorsqu'ils se couchèrent ce soir-là, Ivan prit sa femme dans ses bras, lui caressant doucement le dos.

— Tu es incroyable princesse !

— Pourquoi dis-tu ça ?

— Quand je repense à tout ce que tu as accompli depuis qu'on est ensemble…. C'est incroyable !

— Je ne sais pas…. Peut-être… Si tu le dis…

— Tu te rends compte de quoi tu es capable maintenant ?

— Non, pas vraiment.

— Tu as su t'imposer à Iaroslavl, tu as réussi à te faire aimer de ma famille, tu as su reprendre ta place de Lionne en Toscane, et faire face à tes doutes, tu as su prendre les décisions qu'il fallait en temps et en heure…Tu as su devenir celle que tu devais être.

— Je n'ai pas fait tout ça toute seule, amore. Tu m'as aidée. Et Rudy aussi.

— Mais tu sais ce que tu as fait de mieux, moya printsessa ?

— Non, quoi ?

— Tu as fait de moi un homme heureux et comblé ! Et tu m'as donné deux enfants magnifiques ! Tu sais à quel point je t'aime ?

— Je pense en avoir une petite idée, répondit la jeune femme en riant.

— Je suis très sérieux ! dit-il en se tournant vers elle. Tu te rappelles la promesse que je t'ai faite ?

— Bien sûr ! Je ne risque pas de l'oublier.

— Julia, je vais bientôt tout arrêter en Russie. Ma

famille et moi, on prépare tout. Dès qu'on rentre à la Bastide, je m'occupe de régler les derniers détails et je fais le transfert de fonds. On lance la fabrication à Iaroslavl pour approvisionner des magasins français. Et tout sera légal. Plus que quelques mois, moya printsessa. Plus que quelques petits mois.

— Mais… Mais les salles ?

— Mon oncle de Moscou les reprendra. Ça aussi c'est réglé. J'ai tenu ma promesse Julia… parce que je t'aime….

Ivan observa le regard ébahi de sa femme, son grand sourire, et caressa son visage, ému de la voir à nouveau heureuse. Il savait que cette nouvelle l'aiderait à finir son travail en Italie, et lui permettrait de supporter un peu mieux la séparation d'avec leurs jumeaux.

— Il Tigre cambierà percorso… chuchota la jeune femme. La prophétie…

— Oui. La prophétie n'est autre que notre destinée. Le Tigre changera de chemin, la Lionne se révèlera, le monde ils transformeront. On est en train de changer notre univers pour vivre le meilleur mon amour.

— Oh Ivan ! Si tu savais comme je t'aime…

La jeune femme se serra contre le corps de cet homme qu'elle admirait, qu'elle adorait. Elle réalisait que depuis près de deux cents ans, leur histoire était écrite. Elle ressentit une étrange sensation de légèreté et de bien être absolu. Elle laissa sa main effleuré ce visage barbu et tendre, ce torse robuste et rassurant, et tendit ses lèvres vers les siennes, avide de ses baisers voluptueux, de ses paroles affectueuses. Il pressa le corps de sa femme contre le sien, tel un tigre voulant dompter une lionne. Il n'avait de cesse de faire glisser sa main et ses lèvres sur cette peau si douce, sur ce corps si désirable, qui lui avait déjà tant donné, et qui lui offrirait encore beaucoup. Les gestes sensuels qu'ils partageaient accroissaient leur désir. Enivré de cette envie charnelle intense, le jeune homme s'appropria fougueusement ce corps aux courbes parfaites. Par ses caresses soigneusement dirigées, l'italienne exprimait sa satisfaction et ses désirs. Il n'avait de cesse de presser avec une douce force les seins durcis de plaisir de sa femme, d'effleurer ces hanches qui ondulaient sous son corps musclé, de maintenir ces cuisses délicates contre son bassin. Il lui imposait ses pulsions avec délicatesse.

Elle y succombait sans retenue. Leur respiration s'intensifiait au rythme de leurs mouvements de plus en plus intenses, jusqu'à l'expression de leur jouissance. Ils avaient l'ardeur de leur jeunesse, la fougue de leur amour, la passion de leur attirance mutuelle, la volupté de leurs ébats. Il y avait entre eux une alchimie sans égale et parfaite. Ils s'étaient réciproquement apprivoisés, séduits, envoutés. Ivan, homme rustre et solitaire, avait réussi à ouvrir son cœur et se faire aimer d'une femme en apparence fragile, mais qui se trouvait être une véritable guerrière, avec une force de caractère impressionnante. Le Tigre de Sibérie et la Lionne de Toscane dévoilaient dans leur parfaite union, leur véritable puissance, leur authentique force.

25

Dans la voiture qui les conduisait à Viarregio, l'atmosphère était tendue. Julia s'inquiétait des décisions qu'elle devra prendre, au risque de compromettre ses projets pour la famille. Assise à l'arrière, elle regardait le paysage défiler, découvrant pour la première fois le Quartiere Versilia qu'ils longeaient, puis Il Parco XVI Settembre et la Via Michele Coppino menant au port de plaisance.

Parfois, elle dirigeait ses yeux vers le ciel obscurcit par les nuages noirs annonçant l'imminence de l'orage. Elle priait en silence son oncle de l'aider, cherchant un signe qui la guiderait. Une nouvelle épreuve à passer. Elle se rassura en se disant que ce moment ne pourrait pas être pire que ce qu'elle avait vécu jusqu'à présent. Elle se réconforta en songeant qu'elle avait réussi à faire face, non sans douleur, aux pires atrocités qui lui eut été donné de voir, aux sentiments les plus immoraux, les plus malsains. La mort avec son odeur particulière, la haine, la colère, la ruse, la vengeance, l'absence de morale étaient devenues ses amies dans ce quotidien qu'elle s'obstinait à rejeter. Elle aspirait à garder la foi dans ses nobles intentions. Elle voulait mettre un terme à ce machiavélisme nécessaire pour la pérennité de la famille. Tout ce que Julia désirait à cet instant, c'était être libre.

La beauté des paysages propres au littoral toscan s'effaça rapidement lorsqu'elle réalisa qu'ils étaient arrivés à destination. La petite heure de trajet n'avait pas laissé assez de temps à la Leonessa pour réfléchir au comportement qu'elle devrait adopter durant cette mascarade. Elle observa un court instant la danse des bateaux amarrés plus loin, rythmée par le clapotis des vagues contre les quais. Le tintement aigu de quelques mâts la fit sursauter et la ramena à cette obligation frustrante de devoir répartir le labeur d'une famille anéantie.

Avant d'entrer dans l'entrepôt situé sur le chantier naval de la ville, et qui faisait office de salle de réunion, Ivan arrêta sa femme et lui dit simplement :

— Le mieux que tu aies à faire, c'est de ne pas parler tant que ce n'est pas nécessaire. Observe, écoute, et réfléchis. Je ne pourrai pas te conseiller pendant vos discussions. Je ne dois pas intervenir. Mais j'ai confiance en toi Julia. Je sais que tu sauras quoi faire et quoi dire.

La jeune femme consentit d'un mouvement de tête, et serrant la main de son mari, elle reprit instinctivement son attitude froide en se dirigeant vers l'entrée.

Comme elle l'espérait, ils arrivèrent les derniers. La douce mélodie venant du port était devenue sourde dans ce hangar. Mais les émanations iodées en avaient imprégné la structure, avec quelques notes de peinture acrylique, d'acier rouillé, et une vague odeur de poisson pourri. Une atmosphère bien plus agréable que celle de l'entrepôt russe, mais qui n'égalait en rien celle de la garrigue provençale qui lui manquait tant.

Elle prit place sur une chaise inconfortable, autour d'un ensemble de tables juxtaposées où s'étaient déjà installés les autres membres du Clan de Toscane. Ivan et Rudy restèrent debout, juste derrière Julia. Leurs grandes tailles impressionnant déjà la plupart des gérants présents, ils adoptèrent une stature froide et vindicative afin de montrer que la Russie était bel et bien là, pour venir en aide à la Lionne le cas échéant.

Les discussions animées commencèrent très rapidement. Chacun y allait de son point de vue, mais surtout argumentait son intérêt personnel à récupérer telle ou telle salle de jeux, confirmant ainsi un peu plus l'extinction de Beriuni et sa descendance.

Julia écoutait ces hommes machos et abjectes, observait leur gestuelle très théâtrale pour s'affirmer et appuyer leurs desideratas, voire leurs exigences. Souvent, la discussion relevait plus d'une cacophonie monumentale que d'une négociation virulente. Il était difficile pour la jeune femme de réfléchir dans un tumulte pareil, engendré par des hommes alors comparables à des enfants cupides et jaloux, se disputant un jouet sans importance.

La réunion s'éternisait. La belle commençait à avoir une violente migraine due à ce tapage qui n'en finissait pas. Plus d'une heure que cela durait. S'en était trop pour Julia qui se leva, décidant de partir.

— Mais ! Où allez-vous ? Les négociations ne sont pas finies !

— Je refuse de répartir la moindre petite salle, de

redéfinir vos secteurs dans ces conditions. Je n'ai donc plus rien à faire ici.

— Mais vous étiez en négociations avec Umberto ! Donc vos salles de Florence et de Pise entrent dans le partage.

— Ça aurait pu, si l'affaire avait aboutie avant sa mort. Or ce n'est pas le cas. Donc, rien de ce qui est directement géré par ma famille n'est en jeu ce soir ! rétorqua sèchement la jeune femme, souhaitant couper court à toutes discussions.

— Leonessa ! Vous ne pouvez pas partir comme ça ! Vous devez rester tant que le partage n'est pas fait ! C'est comme ça. Si vous partez.... Nos hommes se chargeront de vous arrêter et vous obliger à procéder à la répartition jusqu'à la dernière salle !

Entendant cela, les quelques hommes de main présents derrière leur patron respectif montrèrent leur force armée. Ivan et Rudy échangèrent un bref regard inquiet, et se rapprochèrent de la jeune femme dans un élan instinctif de protection. La belle garda son calme malgré la menace qu'on venait de lui proférer, toisant l''assemblée d'un regard arrogant.

— Vous êtes peut-être venus avec la force, mais moi, je suis venue avec la puissance ! riposta-t-elle.

— La puissance du Tigre ? La puissance de Iaroslavl ? On sait tous que le Tigre est en difficulté sur ses terres en ce moment. Vous parlez d'une puissance….

A ces mots, Ivan fronça les sourcils de colère.

— En êtes-vous si sûr ? opposa Julia, d'un ton délicatement soupçonneux. Et qui vous dit que je n'ai pas d'autres appuis ?

— Si tel était le cas, de qui donc auriez-vous le soutien ?

— Réfléchissez donc un peu messieurs, ça fera avancer pas mal de choses ! Ou alors, vérifiez vos sources ! (La belle ne put s'empêcher d'avoir un petit rictus de satisfaction) Bien ! Je vois que je suis dans l'obligation de vous expliquer, étant donné que vous êtes assez abrutis pour ne rien comprendre ! Le Tigre qui est ici, n'a rien perdu de sa puissance, bien au contraire. Vous le faire croire a été un jeu d'enfants. Mais ce que vous n'avez pas encore appris apparemment, c'est que j'ai le soutien de Moscou aussi !

L'annonce jeta un froid sur l'auditoire. Julia

continua.

— Qui s'attaque à moi ou ma famille, s'attaque à la Russie ! Et forcément, il en paie le prix. Malheureusement pour vous, vous ne pouvez plus en avoir la confirmation puisque Beriuni est mort...

— Beriuni ? Comment ça ? Vous négociiez avec lui ! Pourquoi vous aurait-il affrontée ?

— J'ai dit que la transaction n'avait pas abouti avant sa mort. Mais je n'ai jamais dit qu'elle avait même commencé ! Beriuni a fait assassiner mon oncle.... J'ai fait disparaître sa lignée.

— Pas possible ! On sait tous que c'est le polonais qui l'a éliminé !

— Et qui a insufflé l'idée au polonais de le faire ? D'après vous ?

— Vous...

— Exact ! affirma la jeune femme pleine d'assurance. Et d'ici peu de temps, vous apprendrez que le polonais a eu un tragique accident aussi, impliquant des moscovites. Il n'aurait pas dû s'attaquer à l'Organisation... acheva la Lionne, en secouant la tête simulant un air de dépit.

Le silence était pesant dans ce hangar tout comme il l'avait été en Russie au moment de l'intronisation de l'italienne. Tous se regardaient, se demandant ce qu'il fallait en penser, ce qu'il fallait faire. Julia revivait une situation qui l'exaspérait. Comme dans l'entrepôt slave, leur Marraine s'imposait, et le Tigre l'épaulait. Le Clan et l'Organisation devenaient indestructibles.

Julia réaffirma sa position quant aux salles de jeux clandestines des Beriuni. Elle ne déciderait rien ce soir. Elle irait voir chacun des gérants personnellement, prendrait acte de leur demande, et donnerait son verdict quand elle aura toutes les cartes en mains. Accompagnée de son mari et son ami, elle tourna les talons sans saluer ces scélérats cupides et égoïstes, et repartit au domaine, ravie d'avoir une fois de plus garder son sang-froid.

Durant le trajet de retour, elle n'écoutait que vaguement Ivan et Rudy qui faisaient le point de la situation. Elle préféra fermer les yeux et s'enfoncer dans un doux rêve. Celui qui la réconfortait depuis le retour de son russe. Elle y voit Ivan courir après leurs enfants dans le parc de la Bastide. Elle entend leurs rires et leurs cris de joie. Elle sent l'odeur des roses qui s'ouvrent aux premiers rayons de soleil. Elle est sereine. Ils sont libres.

26

Deux jours plus tard, alors que la nuit rayonnait sous les lueurs d'une splendide lune blanche, Rudy partit du domaine sans dire un mot à quiconque. Il était fier. Il allait achever sa dernière mission. La plus importante à ses yeux. Et certainement la plus honorable. Il respirait cet air nouveau qui avait une odeur particulière. Celle de la liberté qui se pointait à l'horizon d'un futur proche. Il roulait à vive allure, animé par le désir d'apporter sa pierre à l'édifice en cours de construction, celui d'une nouvelle vie.

Pendant le déjeuner familial, Ivan annonça à la famille toscane que ses cousins de Moscou s'étaient chargés du réseau polonais. La nouvelle apporta un apaisement au sein de la famille Del'Angelo, soulagement qui permettait de faire enfin oublier toutes les tensions des dernières semaines, et éclipsait désormais les dangers qui pesaient sur elle. Du moins cherchaient-ils tous à s'en convaincre. Car personne ne pourrait oublier tout ce sang versé depuis des années, leur laissant des cicatrices morales indélébiles avec lesquelles ils allaient devoir vivre.

Dans l'après-midi, Julia prit conseils auprès de ses cousins pour redéfinir les secteurs des gérants du Clan. Elle tenait à ce que la redistribution des salles de Beriuni se fasse au plus vite, afin de pouvoir se consacrer entièrement à la restructuration du chai et des oliveraies par la suite. L'impatience la rongeait.

En début de soirée, le 4x4 de Rudy revint. Pour leur plus grande joie, les yeux humides de l'émotion que leur procurait cette surprise, Julia et Ivan virent arriver Marianne et Alexandra tenant dans leurs bras Gabriel et Anaëlle, encore endormis du long trajet qu'ils venaient de faire. La famille était à nouveau réunie. Le signe que l'heure était venue de s'affranchir.

27

Durant les semaines suivantes, le jeune couple ragaillardi par la présence des jumeaux, œuvrait à mettre en place la transition. Les activités illicites seraient réduites petit à petit, cédées au plus offrant des adversaires, laissant la place à la mise en valeur du domaine avec ses vignobles et ses oliviers. Le chemin serait long et jonché d'obstacles. Il y aurait encore des recours à la violence. C'était une évidence. Julia en avait pris son parti, à contre-cœur. *Pour le bien de la famille !* se répétait-elle inlassablement. Elle ferma alors les yeux sur les traitements musclés que ses cousins employaient pour recouvrer les dettes. Elle refreinait ses envies de vomir pour garder un semblant de dignité lors des premiers pourparlers de cession de son réseau.

Qu'ils se perdent dans mes apparences, pour protéger ma famille.

La première négociation fut la plus insupportable pour la jeune femme. Elle avait dû affronter l'humiliation des sarcasmes et des ricanements du

Parrain du réseau de la Ligurie. Le patriarche des Vollini, famille malheureusement très influente de Gênes, ne s'était pas privé du plaisir de rappeler à cette petite novice qui lui faisait face qu'il n'y avait qu'un seul moyen de quitter la Mafia. C'était les pieds devant.

Quelques jours plus tard, ce fut au tour du Parrain de l'Émilie-Romagne de s'en donner à cœur joie à rabaisser autant que possible la jeune femme, jusqu'à l'insulter devant ses hommes de main et son cousin Pietro qui l'avaient accompagnée. Il s'en était fallu de peu pour que la courte entrevue ne finisse en effusion de sang dans la propriété située dans la campagne verdoyante de Bologne.

Rien n'avançait. Rien ne permettait encore d'espérer quoi que ce soit. Julia étouffait. Elle était terrorisée à l'idée de rester prisonnière d'une vie qu'elle n'avait pas choisie. Sa déception fut d'autant plus grande lorsqu'elle comprit que le seul moyen d'en sortir était d'y rester. Indépendamment de l'idée absurde de vouloir rester elle-même, elle dut se faire une raison. S'émanciper de la mafia signait leur arrêt de mort. S'y immerger complètement serait un suicide en sursis. Elle voulait être libre. Et vivante.

N'arrivant plus à dormir, une nuit, elle décida l'impensable. Profitant que toute la maisonnée dormait, elle alla embrasser ses enfants en guise d'adieu, et s'en alla. Sans bruit. Juste quelques mots adressés à son mari et ses jumeaux, griffonnés en vitesse sur un bout de papier à moitié déchiré et posé sur la table de la grande salle.

Ne vous inquiétez pas. Aujourd'hui j'abats ma dernière carte. Je vous aime.

Elle avait mûri cette idée au fil de ses déceptions et des jours qui passaient sans laisser entrevoir la moindre possibilité d'évasion. Elle peaufinait les détails pendant qu'elle conduisait en direction de l'aéroport de Florence-Peretola. Sur place, elle embarqua dans le premier avion à destination de Naples. Moins de deux heures plus tard, elle se présenta à la grille d'une propriété dominant la mer du haut de sa falaise, serrant un carnet froissé dans ses mains. Elle n'eut pas le temps de sonner que celle-ci s'ouvrit, invitant alors la jeune femme à entrer et suivre la longue allée jusqu'à la demeure. Julia n'hésita pas. Sa foi dans le devenir du domaine et la reconversion de sa famille lui procurait la force nécessaire d'avancer en vue de négocier avec l'une des familles les plus macabrement influentes de la région.

Elle monta tranquillement les quelques marches menant à l'entrée. La grande porte en verre blindé s'ouvrit à son approche. Elle entra dans un immense vestibule parsemé de statuettes de grands maîtres sans éprouver la moindre peur. Elle était confiante.

— Faut-il que vous soyez complètement folle comme votre aïeule pour que vous osiez vous présenter devant moi nue de toutes armes, sans gardes du corps, sans le Tigre ?

— Je préfère me vanter d'avoir le courage de vous regarder droit dans les yeux. Après tout, nous sommes dans les mêmes affaires, non ? Et ce n'est pas être folle que de venir discuter affaires avec vous, vous ne croyez pas ? Et puis vous me semblez bien nu vous aussi.

— Comme vous lui ressemblez !

— Pardon ?

— Vous êtes son portrait craché.

L'homme invita Julia à le suivre. Elle l'observa. Il avait cette classe propre aux hommes d'affaires huppés. Grand et élancé, vêtu d'un costume de grand couturier qui mettait sa silhouette et son charisme en valeur, rien de ce physique de quarantenaire ne laissait supposer qu'il était l'un des Parrains les plus cruels du pays. Il semait dans son sillon des veuves de magistrats zélés, des orphelins de représentants de l'ordre, des amis craintifs de politiciens trop intègres, sans une once de remord ou de compassion.

Ils entrèrent dans un immense salon étincelant de dorures et d'œuvres d'art de toutes sortes. Une fresque digne des palais vénitiens surplombait des lustres pleurant des larmes en cristal de Bohème. Sur les murs tapissés d'un papier peint baroque bleu-gris était exposée toute une galerie de tableaux de différentes tailles, de différents peintres, de différents styles. Sur quelques colonnes de marbres, des sculptures étaient posées avec la précision du détail de leur exposition.

L'hôte était un érudit. Un amoureux de l'art sous toutes ses formes. Julia n'osa pas demander la provenance d'une telle richesse. Dieu seul sait combien de vies avaient payé cette somptueuse collection.

L'homme s'arrêta devant un portrait et le contempla avec un sourire béat de fierté.

— Aujourd'hui je peux enfin dire que cette toile est la plus belle œuvre de toute ma collection.

Julia posa son regard sur la peinture en question. Doucement, elle s'en approcha. Ce visage ridé, ce sourire bienveillant... Tout lui rappelait son reflet dans le miroir. Celui qu'elle avait vu pour la première fois à Iaroslavl.

— Leonessa, je vous présente votre aïeule. Juliette.

La jeune femme scruta ce portrait cherchant le moindre détail qui ne serait pas la copie conforme de son propre visage.

— Étonnant cette ressemblance, n'est-ce pas ?

— Je ne sais pas quoi dire. En effet. C'est assez surprenant. Pourquoi avez-vous un portrait de mon ancêtre chez vous ?

— Parce qu'elle a été la dernière compagne de mon arrière-arrière-arrière-grand-père.

— Comment ?

— Ah ! Vous n'êtes pas au courant apparemment. Bien. Venez vous asseoir, je vais tout vous expliquer. Mais peut-être désirez-vous quelque chose à boire ? Un café ? Un thé ? Un verre de vin blanc pour vous remettre ?

— Un café suffira, merci. Et sans poison si possible.

— Quel humour ! Je vous rassure, le poison ne fait pas parti de mes armes. La mort est trop lente et je n'ai pas de patience.

Il adressa un sourire charmeur en direction de son invitée surprise qu'il incita à prendre place sur un fauteuil de style Voltaire au tissu velouté bordeaux. Il lui servit avec raffinement une tasse de café, et alla s'asseoir en face de la jeune femme. Il la regarda un instant, tout à la fois impressionné et amusé du comportement téméraire de cette débutante.

— Je suppose que vous connaissez la partie de l'histoire de votre généalogie qu'à partir du décès de votre ancêtre. Mais vous a-t-on raconté le fondement de la prophétie ? Comment et pourquoi votre famille en est là aujourd'hui ?

— Non.

— Bien. Pour comprendre ce que vous êtes aujourd'hui, il vous faut comprendre ce que vous étiez, il y a deux cents ans.

— Pardon ?

— Ne m'interrompez pas. L'histoire est un peu longue. Et vous n'avez pas à perdre votre temps ici inutilement. Je pense que vous avez d'autres priorités comme aller embrasser votre mari et vos enfants en rentrant. N'est-ce pas ?

— Oui, en effet.

— A la bonne heure ! Bien. Contrairement à ce que bon nombre pense, Juliette n'était pas italienne. Elle était française. Elle s'est mariée à un notable de Marseille qui lui offrit une somptueuse maison sur les hauteurs d'Aix en Provence en cadeau de mariage. Votre maison actuelle. La Bastide. Juliette aimait l'art et le jeu. Surtout le jeu. Très vite, elle fréquenta la sphère des rentiers de la région marseillaise et s'enivra des plaisirs que lui procurait les mises gagnées aux différentes tables. Elle était, paraît-il, une joueuse redoutable. C'est en jouant dans des salons privés de la bourgeoisie aixoise qu'elle rencontra Dimitri, un négociant russe connu pour ses ruses. Il parait que ça a été le coup de foudre entre eux. Ils sont devenus amants. Eh oui ! Une française avec un russe, ça ne vous rappelle personne ?

Il lança un petit regard en coin en direction de Julia pour appuyer son récit. Même si elle tentait de rester imperturbable, ses yeux trahissaient la stupéfaction que causaient ces mots, cette question.

— Bref. Lors d'une partie de carte, elle mit sur la table la Bastide. Le russe gagna la partie, s'appropria la maison, et du jour au lendemain, il disparût sans laisser de traces. Juliette en restait inconsolable. Elle était convaincue que Dimitri reviendrait. Qu'il ne l'avait pas abandonnée. Son mari, furieux et jaloux, exigea le divorce. Ce qui était à l'époque une honte suprême pour les femmes que d'avoir le statut de divorcée. Ses soi-disant amis la renièrent petit à petit au point qu'elle se retrouva abandonnée, sans argent, seule. Bannie de toutes les tables de Marseille et ses alentours, Juliette décida de fuir la France. C'est ainsi qu'elle arriva à Lucca. Vous êtes un peu pâle Leonessa. Désirez-vous manger quelque chose ? Du panettone peut-être ?

— Non, ça ira merci. Continuez.

— Où est-ce que j'en étais ? Ah oui ! Donc elle arriva à Lucca. Pour survivre, elle se résigna à vendre ses charmes dans une maison close du centre-ville fréquentée par de riches marchands, et dont le propriétaire n'était autre que Nino, mon ascendant. Elle maniait l'art de la conversation sans égal, savait charmer autant par son physique que par sa culture. Très vite, Nino la remarqua et en tomba amoureux.

— Attendez. Je ne comprends pas. Vous êtes en train de me dire que nous sommes parents ?

— Non ! Mon Dieu non, certainement pas. Nino était veuf et avait déjà un fils lorsqu'il rencontra Juliette.

— Votre famille est donc originaire de Lucca. Pas de Naples.

— Non plus ! Vous avez tout faux ! Laissez-moi continuer la petite histoire si vous le voulez bien. Nino avait déjà ses affaires à Naples au moment de leur rencontre. Maisons closes, trafic d'armes et d'œuvres d'art. Eh oui ! Ce genre de commerce ne date pas d'hier ! Vous n'êtes pas sans savoir qu'au Vatican, qui n'est pas très loin de Naples, les hommes en soutanes ne se privaient pas des plaisirs de la chair. Eh bien ils étaient les principaux clients de mon très cher ancêtre. Et ils payaient leurs petites sauteries régulières en tableaux, statues, et diverses pièces antiques. Ses affaires napolitaines étant très prospères, Nino décida de tenter de s'implanter plus au nord, non loin de Florence et de Pise, afin d'y développer le même négoce en vue de le céder à son fils unique le moment voulu. Mais il rencontra Juliette. Il l'épousa et insidieusement l'initia au monde qu'il fréquentait. À savoir, le commerce illégal. Ce qu'il faut savoir aussi, c'est que Nino avait déjà atteint un certain âge. Alors que Juliette n'avait pas encore trente ans. Elle lui donna un fils qu'elle appela Dimitri. La vieillesse ayant raison de la santé de mon aïeul, il fit le nécessaire pour léguer à son fils ainé, donc ma famille, le secteur de Naples, et à sa jeune femme, votre famille, le réseau de Lucca. Avec habileté, Juliette transforma peu à peu les maisons closes en salles de jeux clandestines. Chassez le naturel, il revient au galop, n'est-ce pas ? Savez-vous pourquoi elle a fait ça ?

— Par addiction.

— Pas du tout. Par vengeance !

— Comment ça ?

— Son mari la bannie, son amant l'abandonne et Nino meurt. Les hommes ne restaient jamais longtemps avec elle malheureusement. Alors elle entreprit une vendetta qui lui rapporta très gros. Exit les femmes de joies à la merci d'hommes peu scrupuleux. C'étaient eux désormais qui seraient à sa merci. Et rien de tel que les tables de jeux pour piquer leur orgueil, rabaisser leur vanité, dépouiller leurs acquis. Elle étendit son réseau qu'elle nomma le Clan, rafla le domaine Des Anges lors d'une partie, changea de nom en Giulietta Del'Angelo pour que son fils ne sache rien de son passé sulfureux... Et le plus grandiose à mes yeux... Elle obtint de son beau-fils une alliance qui confirmait alors sa puissance au sein du Milieu de l'époque et son pouvoir de persuasion.

— Quelle alliance ?

— Elle implantait son réseau de salles de jeux à Naples sous la protection de son beau-fils. En contrepartie, elle fermait les yeux sur certaines de ses affaires en Toscane mais lui assurait son soutien en cas de besoin. Donnant donnant. Et depuis cette époque, nous sommes mutuellement sous la protection et le soutien de l'autre. Vous n'étiez pas au courant ?

— Non, pas du tout.

— Je suis étonné quand même que Giacomo ne vous en ait jamais parlé. Il n'en a pas eu le temps certainement. Mais de votre père, je ne le suis pas. Il a tout fait pour vous cacher, pour garder le secret de votre existence. Du coup, il n'y a rien de surprenant à ce qu'il ne vous ait rien dit. Toujours est-il que, pour terminer la petite histoire, votre chère et tendre aïeule n'ayant jamais assouvi sa soif de vengeance, ni jamais oublié Dimitri, elle prononça sur son lit de mort ces quelques mots comme une sorte de prophétie. Peut-être était-ce en fait une prière pour retrouver celui qu'elle avait aimé passionnément.

— Dimitri ? Qu'est-il devenu ?

— Il aurait été retrouvé très peu de temps après sa soi-disant disparition. Ou plutôt c'est son corps qu'on aurait retrouvé sur les berges du Rhône, en pleine Camargue. Le mari jaloux l'aurait abattu lors d'un duel pour laver son honneur d'homme cocu. La pauvre Juliette n'en su jamais rien.

Julia posa la tasse vide sur la petite table ovale devant elle. Elle reprit en main son carnet qu'elle avait posé sur ses genoux le temps du récit, et l'ouvrit à la première page. Une seule ligne était écrite à l'encre rouge.

Francesco Santonino. Alta Vocce. Napoli.

— Le petit carnet noir. Savez-vous à quoi il sert Julia ?

— Non. Je l'ai trouvé dans les affaires de mon oncle. J'ai vu votre nom. Il ne m'a pas été difficile de vous trouver d'ailleurs.

— Plus on se cache, moins il est facile de régner et de se défendre ! Sachez-le. Il sert à transmettre toutes les informations concernant un réseau d'un Parrain à un autre. A la première page du votre, il y a mon nom. Car il est de mon devoir de vous venir en aide le cas échéant sans vous en demander la raison. Je suis votre recours ultime. Les autres pages expliquent très certainement tout ce qui concerne vos salles : emplacement, taille, date de leur mise en service, nom des gérants, rapport gains/dettes, liste des gros perdants, et les noms barrés sont ceux qui ont été éliminés pour non-paiement. Si vous le lisez attentivement, vous comprendrez que les premières pages concernent Lucca, ensuite Florence et Pise, peut-être aussi Prato et Pistoia. Je ne sais pas. Je ne connais pas l'étendue réelle de vos affaires. Et à la fin, il y a celles de Naples.

Julia le regarda étonnée.

— Oui Julia. Vous avez une dizaine de salles à Naples. De belles salles qui vous rapportent gros.

— Ah.

— Vous êtes encore novice dans le Milieu. Mais vous avez le courage de Juliette sans aucun doute. Le russe vous a initiée aux rouages de la mafia, et je trouve qu'il a bien fait son travail. D'ailleurs, chapeau pour le polonais et Beriuni. Vous m'avez épaté ! Mais n'oubliez jamais que vous avez entre les mains une puissance insoupçonnable, Julia. Un pouvoir que beaucoup de Parrains craignent et vous envient tout autant. Tout ceci pour vous dire que si vous quittez le Milieu, vous perdrez tout ça. Et votre vie aussi. Vous êtes la seule femme du Milieu. La Leonessa. Alors à vous de voir ce que vous voulez. Être libre et… morte ? ou bien rester en vie, voir grandir vos enfants, même si pour cela vous devez rester la Marraine du Clan de Toscane ? Liberté ou famille ?

— Je ne comprends plus. La prophétie dit que nous transformerons le monde…

— Vous l'avez fait ! En épousant le Tigre, vous avez conforté votre puissance dans les affaires, et votre pouvoir de vie ou de mort sur vos adversaires. Vous avez le soutien de Moscou, ce n'est pas rien ! Vous êtes une femme et vous vous retrouvez à la tête d'un réseau mafieux international. Personne ne l'avait fait auparavant. Vous avez transformé le monde de la Mafia. Julia, les cartes vous ont guidée vers Ivan qui renonce à son propre réseau par amour pour vous. Vous vous êtes enfin réveillée en tant que Lionne, Marraine du Clan toscan. Vous avez reconfiguré la donne au sein du Milieu en vous imposant en tant que femme. La prophétie s'est bel et bien accomplie.

— Nous n'en sortirons jamais…

— Dites-vous que lorsque vous serez à la Bastide, vous serez sortis en partie du Milieu. Mais céder votre réseau à l'un de vos adversaires, c'est signer la fin prématurée de toute votre famille. Vous ne pouvez pas le faire.

— Mais Ivan a réussi, lui !

— Parce qu'aux yeux de tous, c'est vous qui contrôlez tout maintenant. Iaroslavl n'est pas fini. Il est juste géré par Moscou. Vos cousins. Mais un jour, votre fils reprendra l'Organisation, et votre fille règnera en Toscane. Vous comprenez maintenant ?

— C'est sans fin, n'est-ce pas ?

— Oui.

L'homme se leva et se dirigea vers un secrétaire en merisier marqueté d'où il sortit une enveloppe légèrement jaunie. Il revint vers la jeune femme encore sous le coup de tout ce qu'elle venait d'apprendre, et lui tendit la lettre.

— Lorsque votre père a quitté la Toscane pour vous cacher en France, votre oncle est venu me voir. Je me souviens de ce jour. Je venais tout juste de reprendre la place de mon père. Il m'a donné ceci, me faisant promettre de vous la transmettre le jour où vous viendriez me voir. Il m'a dit de vous dire qu'il était désolé. Et que vous deviez la lire quand vous saurez que c'est le moment.

D'une main tremblante, Julia récupéra l'enveloppe. Elle savait déjà qu'elle la lirait quand elle serait en sécurité dans sa maison, à la Bastide, avec Ivan.

— Allez-vous en maintenant. Rentrez chez vous. Vous avez désormais toutes les cartes en mains pour savoir quoi faire.

Julia se leva et commença à se diriger vers la porte. Elle se retourna vers l'homme qui n'avait pas bougé. Elle le regarda un moment pour lui signifier sa reconnaissance. Ce serait la première et dernière fois qu'elle le verrait.

28

En arrivant au domaine, Julia se précipita dans les bras d'Ivan. Elle ne pleurait pas. Elle souriait. Elle était soulagée. La Lionne savait ce qu'elle devait faire. Elle savait ce que serait leur liberté.

— On t'a cherché partout. Où étais-tu ?

— C'est une longue histoire. Serres-moi fort. Tu m'aimes ?

— Oui moya printsessa. Tu le sais. Je t'aime comme un fou.

— Viens. Allons dans l'oliveraie. Il faut que je te parle.

Ils s'éloignèrent de la maison, se tenant la main comme au premier jour. En marchant au milieu des oliviers dont les fleurs laissaient la place aux premiers fruits, la jeune femme expliqua sa rencontre avec Francesco. L'air était doux, les rayons du soleil étaient encore haut dans le ciel dépourvu du moindre nuage.

— Je sais Ivan. Maintenant je sais ce que je dois faire. Je sais ce que signifie la liberté pour nous.

— Tu n'as pas l'air déçue !

— Tant que nous pourrons voir grandir nos enfants, nous serons heureux. Elle est là notre liberté.

— Si tu le dis.

— J'ai tort ? Je prends une mauvaise décision d'après toi ?

— Non. Tu fais ce qui est le mieux pour notre famille. Ce n'est jamais une mauvaise décision dans ce cas-là.

— Je t'aime Ivan.

Le russe empoigna le visage serein de sa femme et l'embrassa comme si Dimitri retrouvait Juliette.

À partir de ce jour, Ivan et Rudy s'employèrent à faire fructifier les richesses venant de Iaroslavl pour les commerces qu'ils avaient créés dans le sud de la France. Ivan injectait l'argent nécessaire pour la fabrication en Russie, puis l'approvisionnement en France. Une mise qu'il récupérait doublée grâce aux bénéfices générés par ses franchises commerciales. Avec Rudy, ils apprenaient à être fiers de ce qu'ils faisaient. Ils apprenaient surtout à jouir du doux parfum de la légalité.

Julia se résignât à garder le contrôle du Clan pour la liberté de vivre de sa famille. Depuis son entrevue avec le Parrain napolitain, elle était en paix avec elle-même. Mais elle mit un point d'honneur à aller jusqu'au bout de ses idées concernant le domaine toscan. En accord avec toute la dynastie Del'Angelo, Ernesto et Giancarlo s'occupèrent du négoce de la production oléicole et vinicole du Domaine des Anges, aidés par les femmes de la famille. Car dorénavant, les femmes avaient leur place dans tous les domaines. Même dans la Mafia. Après tout, Juliette leur avait montré la voie en devenant La femme du Milieu.

29

Ma petite Julia,

Aujourd'hui, tes parents ont décidé de t'emmener loin de notre famille, ta famille, ton Clan. Je ne veux pas accabler mon frère, mais cette décision n'est pas anodine pour lui, et risque d'être lourde de conséquences pour toi.

Il va devoir gérer le Clan par mon intermédiaire. Ce qui ne m'enchante pas, sois en certaine. Mais je n'ai pas le choix. Depuis ta naissance, c'est désormais lui notre chef, nous devons lui obéir, mes fils et moi. C'est ainsi depuis plus de cent ans. Le Clan a un chef, et les membres lui sont dévoués.

Ce que tu dois savoir, ma petite Julia, c'est que le Clan toscan est à toi. Tu en es l'héritière. Ton père le sait parfaitement. Nous le savons tous depuis le jour de ta naissance. Car ce jour-là, nous avons tous su que notre aïeule n'avait pas raconté qu'une simple histoire due à la sénilité que lui infligeait sa mort imminente. Nous avons tous compris, en ce matin du mois d'Août, qu'elle n'avait fait que prédire sa destinée, son retour avec ta naissance.

Tu es née sous le signe du Lion, au domaine Des Anges, sur tes terres. Tu es notre Lionne Toscane.

Tu n'entendras certainement parler que d'une partie de cette prophétie qui guidera ta vie. Mais je me dois de te la citer entièrement.

J'ai cru que le français m'avait offert la richesse.

Et que le russe m'avait infligé la tristesse.

Mais l'italien m'a apporté sa sagesse.

Aujourd'hui je sais.

Et aujourd'hui, je m'en vais.

Mais un jour anniversaire, je reviendrai.

Le russe ne m'aura pas oubliée.

Les cartes seront mon guide,

Et je retrouverai mon Tigre.

Au crépuscule du jour,

Avec la force de l'amour,

Le Tigre changera de voie,

La Lionne se révèlera,

Et grâce à leur union,

Le monde, ils transformeront.

La prophétie sera.

La mort engendre la renaissance.

Tout n'est que continuité.

Forte de ma puissance,

Un jour anniversaire, je reviendrais.

J'espère pouvoir te faire passer cette lettre un jour, afin que tu comprennes qui tu es, d'où tu viens, et qu'elle puisse guider tes pas à l'avenir.

À toi, ma petite Lionne !

Ton oncle dévoué, Giacomo.

ISBN : 978-2-9568617-0-6
Dépôt légal : Juillet 2019
Photo de couverture © Sophia Belli, 2019
18,90€ (TTC France)

www.ingramcontent.com/pod-product-compliance
Lightning Source LLC
Chambersburg PA
CBHW030355030726
47497CB00002B/351